Wiglaf Droste

Bombardiert Belgien! & Brot und Gürtelrosen

RECLAM
LEIPZIG

Besuchen Sie uns im Internet:
www.reclam.de

Veröffentlicht im Reclam Verlag Leipzig, 2002

Reclam Bibliothek Leipzig, Band 20043
1. Auflage, 2002
Reihengestaltung: Gabriele Burde | Kurt Blank-Markard
Umschlaggestaltung: Gabriele Burde unter Verwendung eines Bildes von Bernd Pfarr, dessen Legende lautet: »Bei Dynamit-Müller hatte sich Gott mit den nötigen Utensilien für den Weltuntergang versorgt.«
Autorenfoto: © Thomas Stolper, Frankfurt am Main
Gesetzt aus ITC Slimbach
Satz: Reclam Verlag Leipzig
Druck und Bindung: Ebner & Spiegel, Ulm
Printed in Germany
ISBN 3-379-20043-3

Für die Unruhen in Aldenhoven

Leben wie Gott gegen Frankreich

Es war ein durch und durch finsterer Tag für Gott. Schon früh am Morgen hockte er auf dem kleinen Kanonenofen in seinem Arbeitszimmer. Er fror erbärmlich und knackte mürrisch mit den Knöcheln. Gott hatte Depressionen. Irgend etwas fehlte ihm - ein anständiger Zug durch die Gemeinde, die Weltherrschaft möglicherweise? Er wußte es nicht.
Vielleicht war er auch einfach nur müde, ausgebrannt, hatte den Burn-out, wie man heute sagte, war schlichtweg zu lange im Job, demotiviert, die Schiene? Viel Freude hatte er nicht gehabt in seinem Leben, dachte er niedergeschlagen. Sogar sein dämlicher Sohn hatte ihm den Rang abgelaufen; bei den letzten Meinungsumfragen hatte Jesus weit besser abgeschnitten als Gott. Es war immer dasselbe: Mit der billigsten Zirkusnummer kamen diese Typen zum Erfolg. Christus der Erlöser! Was für ein Witz: Diesem Simulanten, diesem André Heller der Spiritualität, rannten die Leute hinterher. Gott lachte bitter.
Seine Frau kam ins Zimmer. Sie war Französin, ein ziemlicher Feger und ein lustiger Vogel dazu. Gott hatte unverschämtes Glück: Trotz seiner Launen liebte sie ihn wirklich, und ohne ihre unbeirrbare Heiterkeit wäre er längst völlig zum Sauertopf geworden. Sie sah ihn an, kommentierte sein Möff-Möff-Gesicht mit keinem Wort, nahm seinen Kopf in beide Hände, küßte ihn auf den Mund, ließ ihn los, drehte sich leicht im Kreis und trällerte: »Ein bißschen Marx, ein bißschen Nietzsche, so soll er denken, der Mann, bei dem isch quietsche.«
Anstatt sich zu freuen, was für einen klasse Fang er gemacht hatte, spulte Gott sich auf. Gott war Deutscher. Es reichte ihm nicht, daß er das Glück frei Haus bekam. Er mußte unbedingt

auch recht haben, und zwar in allem, sonst gildete es nicht. Entsprechend panne reagierte er auf den freundlich-albernen Gesang seiner Frau. »Ich liebe dich, France«, murrte er, »aber ich habe dir schon tau-send-mal gesagt: Sing keine Lieder!«
Gott kam in Fahrt. »La musique pop! Hahaha! Der Franzose und die Popmusik! Das größte Mißverständnis aller Zeiten!« Er lachte gehässig. »Ihr haltet Johnny Hallyday für einen Rock'n'Roller! Hallyday! Dieses Stück Nappaleder! Diesen nachgemachten Kautschuk-Rocker! Franzmann, ferme la guelle!«
Gott wurde richtig eklig. »Der französische Beitrag zur Popkultur – und zwar der einzige! –«, dozierte er auftrumpfend und stocherte mit dem rechten Zeigefinger im Zimmer herum, »war Plastic Bertrand! Und der ist Belgier!« Gott warf sich ironisch in Positur und begann zu juhuien: »Ça plane pour moi! Ça plane pour moi! Ça plane pour moi, moi, moi, moi, moi, ça plane pour moi, Uuhuuwhuuhuu ...«
Er hätte endlos weitermachen können, aber dann bemerkte er den Blick seiner Frau. »Du tust mir leid«, sagte sie. »Du bist äscht bescheuärt.« Sie schüttelte den Kopf. »Und wer sagt, ›Isch liebö disch, abör‹, hat sowieso nischts begriffön und kann sisch den Fingör in den Hintörn steckön.«
Mit diesen Worten verließ sie Gott und ging zurück zur Mutter aller Franzosen, zu Serge Gainsbourg, bei dem es immer ein paar gute Flaschen und ein paar schöne Lieder gab für Frauen wie sie.
Gott aber verkam und verelendete völlig, pinselte den Himmel schwarz-rot-golden an und nannte ihn nach seinem täglichen Doseneintopf: Protektorat Bohnen und Möhren.

Ein Frauenausflug

In Braunschweig stiegen sie zu. Sie waren zu zehnt, zehn Frauen auf einen Schlag, gutgelaunt und lärmig. Es war Montag vormittag; sie hatten ein langes Wochenende hinter sich: kegeln, also in erster Linie trinken. Davon waren sie noch immer ganz aufgekratzt. Sie quietschten herum, zappelten, giggelten und gnihieten. Die jüngste von ihnen mochte Ende Dreißig sein, die älteste Mitte Fünfzig. Sie waren ausgewachsene Mädchen, eher prall als mager; einige von ihnen waren richtige Küben, und zwei hatten Stimmen, die problemlos mit dem rauchigen Sound Lee Marvins konkurrieren konnten.
Ich hatte, aus dem Süden kommend, geschlafen und irgend etwas Heftiges geträumt; das Gegnickere der Frauen war zunächst in den Traum eingeflossen und hatte mich dann geweckt. Der Zug ruckte wieder an, ich rieb mir die Augen, die Frauen plazierten sich langsam und schnatterten durcheinander, fröhlich und sorglos. Sie alle trugen schwarze Hosen und rote Sweatshirts, auf denen »Fire-Girls« stand – sie waren Frauen von Feuerwehrmännern. Daß sie aus Berlin stammten, war ebensowenig zu überhören wie ihre Entschlossenheit, noch ein paar schöne Stunden zu verbringen.
Zu diesem Zweck zückten sie Flaschen aus den Taschen, »Kleiner Feigling«, klopften die Flachmänner mit den Verschlüssen auf die Tische, öffneten sie und tranken sie ex. Sie hatten einen Zug am Leibe, der nach Übung aussah. Eine Pappe Negerküsse wurde herumgereicht und eine Flasche Sekt gekillt, rituell: »Wie kommen wir zusammen?« fragte eine der Frauen. »Strahlenförmig!« antworteten die anderen im Chor. »Wann gehen wir auseinander?« fragte die Vorsprecherin; »Niemals!« lautete die Antwort. »Und warum nicht?«

fragte die Vorsprecherin abermals. Die Antwort ließ an Überraschung nichts zu wünschen übrig: »Weil wir so super super sexy sind!« schallte es neunkehlig, und obwohl der Augenschein das nicht bestätigen wollte, war es akustisch doch voll überzeugend.

Dann wurde wieder wüst getrunken; klopf klopf klopf wurden die Flachmänner weggehauen, Sekt kreiste simultan in mehreren Pullen. Viagrawitze wurden erzählt, eine Mischung aus Alkohol und Untenrum schwappte durchs Abteil und fand ein Ventil im Gesang: »Lieschen, Lieschen, Lieschen / komm doch mal ein bißchen, bißchen/ in den Ke-he-ller / dann geht es schne-he-ller / So wie früher, früher, früher / ohne Gummiüberzieher / ohne Hemd und ohne Höschen / einfach zack-zack-zack-zack-zack!«

Warm war's und brühig, dumpf auch, ein bißchen wie bei Bierzeltmännern, nur leiser und gar nicht bösartig, harmlos, man konnte wegdösen in all dem Lärm - Gefahr drohte hier keine. Nur manchmal, wenn man zu lange in eins der Gesichter sah, war es ein bißchen traurig. Kurz vor Spandau war der Ausflug vorbei. Noch einmal wurde »Lieschen, Lieschen, Lieschen« angestimmt, aber es fehlte schon der Schwung. Die Frauen waren wieder zu Hause. Sie wurden stiekum, einzeln und klein - klein genug, um in dem Leben, das sie erwartete, wieder verschwinden zu können, reibungslos. »Holt dein Mann dich ab?« fragte eine; »Süß sind sie ja, die Kleinen«, sagte eine andere.

Dann waren sie still. Aber jedesmal, wenn ich eine grün wählende Lehrerin mit Brotkastenvolvo unterm Ökohintern sehe, singe ich das Lied der »Fire-Girls«. Laut.

Bombardiert Belgien!

Hühner und Kinder zuerst!
Aus der Serie: Nato, übernehmen Sie!

Seltsam, diese Belgier: Erst die Kinder, dann die Hühner. Wer ist der nächste? Wir?

Jedenfalls ist das ein komisches Volk. Man hört nichts Gutes vom Belgier. Frittenwampe bis zu den Knien, aber sich an Kindern vergehen. Aber? Wieso aber? Ist Kinderschänden ohne Wampe besser? Schwer zu sagen. Sieht aber vielleicht besser aus, auf Video.

Dauernd frißt der Belgier Fritten. Die ganze Zeit. Außer, wenn er das mit den Kindern macht. Dazu muß er ja wahrscheinlich die Hände frei haben. Hinterher frißt er dann wieder Fritten. »Die Fritte danach«, nennt der Belgier das. Es ist gar nicht auszudenken, was man sich alles ausdenken kann.

Wo kommen in Belgien überhaupt die Kinder her? Ich meine, erwachsene Frauen interessieren den Belgier doch gar nicht. Da geht er nicht bei. Und trotzdem hat der Belgier immer genug Kinder. Wo kommen die her? Aus dem europäischen Binnenmarkt? Der EU ist doch alles zuzutrauen. Und dem Belgier von Haus aus sowieso. Der sitzt, was die EU angeht, direkt an der Quelle, in Brüssel.

Und dann macht er auch noch das mit den Hühnern. Erst frißt der Belgier diese Unmengen von Fritten und produziert dabei Berge von Frittenfett. Da ist der Butterberg gar nichts gegen! Der Belgier weiß auch gar nicht, wohin mit seinen mounteverestigen Frittenfettbergen. Ist ja ein flaches Land. Da kann man Frittenfettberge schlecht drin verstecken. Unterirdisch vergraben geht auch nicht. Da ist kein Platz mehr.

Also gibt der Belgier das Frittenfett seinem Huhn. Zum Pikken. In dem Fett sind noch so kleine Frittenstückchen drin, kohlschwarz verbrutzelt. Das ist das Dioxin. Das mögen die Hühner besonders gerne. Und picken das weg wie nichts. Kann ich gut verstehen. Ich finde das manchmal auch lecker, dieses schwarze, krunschige Zeug. Aber ich esse das nicht. Weil ich weiß: Da ist der Krebs drin. Und das Dioxin. Aber so ein Huhn weiß das doch nicht. Das pickt das auf und kriegt Dioxin. Und der Belgier steht daneben und lacht. Dem Belgier sind seine Hühner doch so was von egal! Fast so egal wie seine Kinder.

Ist wirklich ein komisches Land, Belgien. Sind Sie da mal durchgefahren? Als ob Hitler Belgier gewesen wäre: überall Autobahnen! Mit gelben Lampen. Die kann man sogar vom Weltraum aus sehen. Wie die Chinesische Mauer. So toll findet sich der Belgier. Ich möchte bloß mal wissen, warum. Weil er so schön direkt neben der Autobahn, auf dem Seitenstreifen, am Campingtisch sitzen und Picknick machen kann? Der Sommerbelgier: kurze Buxen und immer am Mampfen. Was der Belgier wohl schon wieder mampft? Hühner jedenfalls nicht. Sondern Fritten!

Damit es auch morgen wieder viel Frittenfett gibt mit vielen Dioxinstückchen drin, für die Hühner. Und die Hühner vertickt der Belgier dann an uns. Zwei Kinder hat er auch noch am Campingtisch sitzen. Ich möchte gar nicht wissen, was der wieder mit den Kindern macht, wenn er fertiggespachtelt hat. Vorher lädt er sie jedenfalls noch zu einer Coca-Cola ein.

Also, Nato: Bodentruppen rein, Hühner befreien, Kinder ausbuddeln und raus aus dem Land. Und dann: Bombardiert Belgien! Klingt sowieso fast wie Belgrad. Und die Chinesen mit ihrer Mauer sind als nächstes dran.

Was aus der UNO wurde

für Kofi Annan

Koof i annan,
Koof i alle.

Heil Herzilein

Eine Landpartie

Der Wirt hatte Hände, in denen Nullvier-Biertulpen aussahen wie Likörgläschen. Er war ein Humpen von Mann, groß, breitschultrig, bauchig, mit einem Bernhardinergesicht, dem man nichts vormachen konnte. Ob seine Gäste johlend oder bedröppelt kamen, ob sie Lautstärke mit Fröhlichkeit verwechselten oder ihn zum Beichtvater machten, ob sie brütend und stumpf dasaßen oder ihre Hände auf den Tisch ballernd Karten spielten – ihm waren sie alle gleich. Und zwar gleich schlecht. »Taugen alle nicht!« lautete sein Generalurteil.

Das Dorf war klein – so klein, daß man von Seelen sprach statt von Einwohnern. Obwohl es keine Kirche gab, auch keinen Laden, keine Post, keinen Fußballplatz. Nur Landarbeit. Wer hier jung war, sah zu, daß er wegkam. Wer blieb, blieb übrig.

Einer von den Übriggebliebenen saß in der Kneipe und schluckte Bier. Es paßte viel davon in ihn hinein. Er war groß und bullig. Als hätte man ein Stück Fleisch großgezogen. Der Mann – nennen wir ihn »Fleisch« – war jetzt 30. Sexuelle Erfahrung hatte er, wie bei männlicher Landbevölkerung nicht unüblich, vor allem im Stall gesammelt. Fleisch starrte in sein Bier und dachte nichts.

Die Tür ging auf. Abwechslung schneite herein: Drei polnische Saisonarbeiter kamen vom Feld. Sie waren müde und durstig. Sie stellten sich an den Tresen, nickten jedermann zu und bestellten in gebrochenem Deutsch drei große Biere. Fleisch sah sie finster an, ging zur Musikbox und drückte zehnmal die Taste für »Herzilein« von den Wildecker Herzbuben.

Die Polen bekamen ihr Bier, prosteten allen zu, tranken und

machten »Aaaah!«. Fleisch stand auf und ging zum Tresen. »Polacken!« sagte er bedeutungsvoll. Die Polen lächelten freundlich, bemüht, gutes Wetter zu machen. »Ja. Sind aus Pollän. Gutt Arrbeit. Jetzt trrinke Bierr«, antwortete einer der drei sehr milde. »Polacken!« wiederholte Fleisch. »Zuhörn!« befahl er und zeigte auf die Musikbox, aus der »Herzilein« quoll, zum dritten Mal. Die Polen lauschten demonstrativ und lächelten wieder. »Schönnä Musikk«, log der Sprecher; vielleicht gefiel sie ihm aber auch.
»Tanzen!« bellte Fleisch und machte vor, was er meinte: Er hob den rechten Arm zum Deutschen Gruß und stolperte im Kreis herum. Er war voll bis zum Rand; irgend etwas Dumpfes brodelte in ihm, und die Polen, das hatte die Drüse in seinem Kopf beschlossen, waren sein Ventil. Die aber blieben friedlich. »Komm, Kollägä, trrinke Bierr!« bot der Sprecher sogar an, aber Fleisch war böse. »Tanzen!« brüllte er. »Los!« Fragend sahen die Polen einander an. Dann zuckte einer von ihnen die Achseln und begann, sich langsam zu drehen, sein Bier in der Hand. Die beiden anderen taten es ihm nach. Fleisch war nicht zufrieden. »Grüßen! Ihr sollt grüßen!« schrie er. »Herzilein« plärrte, Fleisch torkelte, den rechten Arm nach oben gereckt. Plötzlich erstarb die Musik. Der Wirt war hinter dem Tresen vorgekommen und hatte den Stecker der Musikbox aus der Dose gezogen. »Du gehst nach Hause«, sagte er zu Fleisch und schob den Brocken zur Tür. »Und ihr hört auf zu tanzen«, beschied er den Polen. »Das sieht ja verheerend aus.«
Fleisch taumelte zu seinem Stall. Die ganze Nacht hörte man Kühe brüllen.

Es bleibt ein Stück Hannover zurück

Hannover. Was für ein Wort! Kundigen wird der Mund trokken, ihr Magen zieht sich zusammen, das Blut fällt ihnen aus dem Gesicht direkt in die Füße. Und doch hat die Stadt, aus der Gerhard Schröder kroch, auch ein Gutes. Man kann sie leicht verlassen. Zugreisende wissen es längst: Hannover ist geradezu ideal zum Umsteigen und Wegsein.

Auf dem Weg nach Bremen wurde ein Hannover-Aufenthalt von 20 Minuten bereits als bedrückend empfunden; ich erbot mich, etwas Reiseproviant zu besorgen, und verschwand in den Untiefen des hannöverschen Hauptbahnhofs. Eine Imbißbude lockte mit fiesem Geruch; es gibt diese Tage, an denen man glaubt, so etwas essen zu wollen. Für meine Begleiter erstand ich zwei Hot dogs: Weichwürstchen im Weichbrötchen, Erzeugnisse, wie sie von wirklicher Wurst und wirklichem Brot nicht weiter entfernt sein könnten. Dasselbe galt auch für das Ensemble, das ich mir selbst gönnte: eine Bratwurst im aufgeschnittenen Brötchen mit einem Strang hellgelbem Senf drauf.

Die in Alufolie eingewickelten Hot dogs in der linken und mein Bratwurstbrötchen in der rechten Hand, ging ich zurück und biß auf dem Weg schon mal ein Stück Wurstriemen ab. Und, weil es so sonderbar schmeckte, gleich noch eins. Kaum daß ich den Bahnsteig erreicht hatte, waren offenbar auch die zwei Wurstbissen beim Magenpförtner angelangt.

Der gab ihnen allerdings einen entschieden abschlägigen Bescheid. Mit Händen und Füßen, das merkte ich nun ebenso plötzlich wie vehement, wehrte sich mein Magen gegen das hochtoxische Wurst-Senf-Gemisch. Es gelang mir, die Reste des Bratwurstbrötchens, die ich noch in der Hand hielt, in einem ihnen angemessenen Aufbewahrungsort zu versenken, einem Mülleimer, so daß ich die Rechte wieder frei hatte; ich brauchte sie auch dringend, um mir den Mund zuzuhalten, denn dem Magenpförtner war es ganz offensichtlich gelungen, die Wursthalunken davonzujagen, und nun waren sie auf dem schnellsten Weg ins Freie.

Dagegen hatte ich auch nichts einzuwenden, allerdings: nicht jetzt, nicht hier!, wie es in diesen Filmen immer heißt. Es war heller Nachmittag, der Bahnsteig mäßig mit Menschen besetzt und ein angenehmer, weil anonymer Ort zur Entsorgung nirgends in Sicht. Wie peinlich, dachte ich; Verzweiflung machte sich in mir breit wie Wurst hinter meinen Zähnen, die ich zusammenbiß wie nie und zur Sicherheit noch die freie Hand davorpreßte. Dieser äußerste Verteidigungsdamm, noch hielt er, noch brach er nicht.

Weiterhin die Hot dogs in der Linken balancierend, taumelte ich den Bahnsteig entlang, Bahnsteig 13 las ich immer wieder, Bahnsteig 13, wieso las ich das?, egal, hastete, nur weiter! nur weiter!, dem Druck kaum mehr standhalten könnend, das Pflaster entlang, bis endlich niemand mehr vor mir zu sehen war und ich zum Stehen kam, um, selbst verwundert über diese Premiere, eine grellgelbe Fontäne in erstaunlich elegant geschwungenem Bogen auf die Bahngleise sich ergießen zu sehen. So mußte sich Jesus gefühlt haben, als er sagte: Es ist vollbracht.

Verstohlen prüfte ich, ob mir jemand zugesehen hatte. Anscheinend hatte ich Glück gehabt. Nur eine ältere Dame sah mich mit einem Gesichtsausdruck an, in dem Entsetzen, Angst und Mitgefühl eine verblüffende Ampelkoalition eingingen. Dann kam auch schon der Zug, erleichtert verließ ich Hannover und sah, ganz entspannt, meinen Reisebegleitern beim Verzehren der Mahlzeit zu, die ich ihnen mitgebracht hatte.

Darmalarm im Hause Goethe

Ein Beitrag zur Beschleunigung des Goethe-Jahrs

Den Bauch
Voll Lauch:
Knoblauch
Auch anderer Lauch.

War im Auflauf, der Lauch –
Rasch auf- und rasch eingeschaufelt:
Riesiger Haufen Lauch! Und lecker auch.
Jetzt aber Au: Bauchweh im Wehbauch.

Was kraucht da im Schlauchbauch?
Faucht laut im Bauchschlauch?
Au! Aua! Au! Hör auf!
Große Trommel – Nein, drück da nicht drauf!
Zu spät: fahler, fauliger Rauch.

Nun spürst du ihn auch
Diesen Hauch.
Spürst ihn auch Du?
Gretchen? Spürst du ihn? Puuuh … –
Unter allen Kissen ist Ruh.

Einiges über den jungen Mann

Eine Recherche

Das Auffälligste am jungen Mann ist, daß er ständig auffällt. Das liegt daran, daß er im Weg steht. Aus Prinzip. Weil er's nicht anders kann und nicht besser weiß. Niemand steht einem so dull und klumsig vor den Füßen herum wie ein junger Mann. Selbst wenn eine drei Meter breite Schneise da ist – der junge Mann schafft es, einem vor den Knochen herumzuölen. In der Fußgängerzone, im Lokal, im Konzertsaal – egal wo. Weil er nicht weiß, wer er ist und wo er hingehört. Er ist nicht Fisch und nicht Fleisch und leidet daran. Das ist entsetzlich – vor allem für die anderen, denen er sich und sein quälendes Ungeschick vor die Füße kippt.
Eigentlich will der junge Mann ja nur zu Mama. Aber das weiß er nicht und darf das nicht einmal denken. Vor allem darf Mama nicht nach Mama aussehen. Frisch soll sie sein, straff und trotzdem erfahren, mit allen Fruchtwassern gewaschen, ohne daß man das sieht. Und geile Sachen soll sie anhaben – die Mischung aus Dessous und Mütterlichkeit ist es, die den jungen Mann schwindelig macht. Er möchte Mama und Hure in einem, endlich Mutti & Nutti statt Hanni & Nanni. Eine Frau, die alles weiß, wovon er allenfalls eine feuchte Vorstellung hat. Und lieb soll sie sein und nicht lachen über seine Dusseligkeit, über seinen Hang, alles falsch zu machen, was man nur falsch machen kann. Ficken wie bei Muttern heißt sein Traum. Zurückkriechen können. Nicht mehr der bösen Welt ausgesetzt sein, in der man einen auf hart macht. In der man klarkommt bis zum Exitus. Bis man so funktioniert, wie man soll. Und sich gut dabei fühlt. Der echt coole Typ, der ganz brav alles mitmacht. Aber nach Rebell aussieht. Den

kann der junge Mann noch nicht, den hat er noch nicht fertig gelernt. Deshalb muß er nachts an die Mama. Die ist so nachgiebig, so freundlich, so gut. Gar nicht wie die Schweinewelt da draußen. In der er allerdings unbedingt etwas gelten will, der junge Mann. Aber hallo.

Das gibt er natürlich nicht zu. Gerne schläft der junge Mann mit einer Frau, die rund ist, warm und weich, aber zum Ausführen und Vorzeigen und Renommieren bei den Kumpels und beim Chef möchte der junge Mann dann doch eine illustriertentauglich dünne Frau haben. Eine, die ihm nachts im Bett eigentlich nicht pneumatisch genug ist, die aber zur Aufwertung der eigenen Person, zur Verbesserung des Status ordentlich was hermacht. Er kann bereits prima heucheln, der junge Mann. So grün er ist, so hat er schon gelernt, worauf es ankommt.

Aber er ist noch kein ausgereifter Drecksack, sondern erst auf dem Weg dahin. Deshalb wirkt er manchmal süß, fast liebenswürdig. Wenn er hart drauf sein möchte zum Beispiel, und so gar keine Ahnung hat, wie das geht. Das sieht ulkig aus und wärmt manches Herz. Aber das täuscht.

Was soll man nur mit ihm machen? Man kann ihn schließlich nicht gut mit dem nassen Handtuch totschlagen. Auch wenn man das manchmal möchte. Wenn er wieder nervt. Und einem in seiner Daddeligkeit womöglich noch dankbar dafür wäre.

Manchmal, sehr selten, entwickelt sich aus einem jungen Mann sogar etwas halbwegs Passables und immerhin Semihumanoides. Das man dann vergleichsweise begrüßen muß, denn man freut sich ja schon über Kleinigkeiten.

Im Eiscafé Chez Mutti Grün

»Wenn man sie lange genug gemieden hat, hat man wieder richtig Sehnsucht nach Menschen«, sagte eine innere Stimme. Sie klang etwas lahm und schleppend. Kein Wunder: Sie gehörte dem Dienstältesten. Der hatte in letzter Zeit keinen leichten Stand, und auch diesmal kriegte er Kontra. »Die Menschen sind prima«, entgegnete eine jüngere Stimme. »Sie machen dauernd drollige Sachen und blamieren sich. Das ist lustig.«

Mir stand der Sinn nicht nach Diskussionen, aber die Zeit, in der ich die beiden Streithammel mit einem entschiedenen Schlußwort zur Ruhe rufen konnte, war schon länger vorbei. »Wenn ihr versprecht, euch zu benehmen, lade ich euch zum Eis ein«, sagte ich. »Okay«, sagte die ältere Stimme lässig. Das letzte Wort hatte natürlich die jüngere: »Eis? Wie viele Kugeln gibt's denn? Und Sahne will ich auch!«

Ich ignorierte das und machte mich auf den Weg. Gleich auf der Ecke war das Eiscafé, und wie jeden Vormittag war es voller Mütter mit Kindern. Manchmal, in leicht perverser Stimmung, mag ich das: sich mitten ins Gewühl setzen, Sonnenbrille über die Augen ziehen, vielleicht noch so tun, als ob man Zeitung liest, zurücklehnen und die Lauscher aufmachen, Eintauchen ins Gewirr fremder Stimmen, ins vielschichtige Quak-Quak, in das Grundrauschen der Welt, bis es sich filtert und klärt und Erkennbares übrigbleibt. Schön ist das nicht unbedingt, aber manchmal erfährt man Dinge, von deren Existenz man zuvor nichts ahnte. Das ist dann Glück oder Pech oder beides.

Die Mütternummer lief auf vollen Touren: schnatter schnatter schnatter. Halbherzig bis gar nicht erzogene Kinder kreischten herum und durften alles. Ein Dreijähriger stach einem anderen eine Kuchengabel in den Arm. Es schien niemanden zu kümmern. Ein etwas größeres Kind grapschte nach meinem Kaffee; weil ich ihm nicht gestattete, sich zu verbrühen, wurde es wütend. Seine Mutter saß drei Meter weiter und verteidigte den Krieg der Nato gegen Jugoslawien. Je heftiger sie sich engagierte, desto mehr sah sie selbst aus wie eine humanitäre Intervention.

Hier tagte der alternative Mittelstand, knapp halbgebildet, aber meinungsstark. Ich verzog keine Miene und konzentrierte mich auf mein Eis. Im Inneren aber tobte eine wüste Debatte. Die ältere Stimme stöhnte: »Diese Vermutterung ist ja nicht auszuhalten. Willkommen im eigenen Saft! Interessieren sich diese Spießerinnen eigentlich für irgend etwas?«

»Blödmann! Her mit den kleinen Spießerinnen!« rief sehr vernehmlich die jüngere Stimme. »Die sind doch ganz süß. Gerade weil sie's nicht gebacken kriegen, aber ständig so tun als ob. Die sind wie Männer, sehen aber nicht so scheiße aus. Die sind garantiert alleinerziehend. Das sind die besten. Alleinerziehende Mütter sind die Ikonen der 90er Jahre! Sie haben keine Fehler und machen auch nie welche. Die könnten glatt alle Gremliza heißen. Mit einer Alleinerziehenden ins Bett gehen ist wie mit einem Kerl schlafen, ohne dafür gleich schwul werden zu müssen. Das ist doch klasse. Das erweitert den Horizont. Gibt dem Leben eine neue Dimension und alles.«

Ich war baff. Von dieser Seite kannte ich mich noch gar nicht. Wollte ich mich so kennen? »Wer auf Mütter steht, ist Italiener!« entschied ich kategorisch und überließ die Frauenhölle einstweilen sich selbst.

Über die Schönheit der Kleinfamilie

Märztag, Sonnenstrahlen, die Wirte stellen die Stühle raus. Wer kann, setzt sich ins Café und reckt das verwinterte Gesicht gen Himmel in der Hoffnung, ein bißchen Licht und Wärme abzubekommen. Gut eingepackt und eingemummelt, Sonne im Gesicht, Buch in der Hand: Das Leben ist schön, wenn es schön ist. Und der Kellnerin möchte man nur so aus Quatsch sagen: »Schwester, schieben Sie mich doch auf den Balkon. Und legen Sie mir bitte noch eine Decke über die Beine.«

Das Buch ist von Kurt Vonnegut und heißt »Zeitbeben«, übersetzt hat es Harry Rowohlt. Schon die doppeldeutige Vorbemerkung ist Grund genug, sich auf den Rest zu freuen: »Alle Personen, lebende und tote, sind reiner Zufall.« Kaum ist das gelesen, treten zwei dieser Zufälle auch schon ins Leben. Voll. »Dürfen wir uns dazusetzen?« fragt die Frau, eine Hand bereits auf der Stuhllehne. Der Mann fragt erst gar nicht; er hat den halben Hintern schon auf der Sitzfläche. Der Form halber mache ich vage »mmhm«.

Die beiden sehen aus wie abgeschlossene Studenten, sie Germanistik, er Architektur. Obwohl erst Ende Zwanzig, wirken sie, als wären sie seit mindestens dreißig Jahren verheiratet – weitgehend erloschen, abgesessen und abgegessen und damit angemessen zufrieden. Sie schicken sich an, zurechtkommende Bürger des Landes zu werden. Ein Handy und ein Kleinkind dazu haben sie schon. Mit beiden können sie nicht umgehen. Die Frau schnappt sich das Telefon und ruft jemanden an. Der ist scheint's nicht da, also spricht sie aufs Band oder in die Mailbox. »Ja hallo, wir sind jetzt im Café. Ich rufe später wieder an.« So geht das: Kommunikation, moderne Informationsgesellschaft, die ganze Richtung.

Das Kleinkind langt nach dem Telefon. Der Mann schaltet es aus und gibt es dem Kind. Das Kind freut sich; selbstverständlich will es das Telefon sofort auf den Boden schleudern. Der Mann nimmt dem Kind das Telefon wieder weg und legt es außer Grapschreichweite auf den Tisch. Natürlich fängt das Kind an zu schreien. Das war von vornherein klar. Jedem, nur nicht dem Mann.

Das Kind kreischt. Es kreischt infernalisch. Es gibt Kurt Vonnegut und mir keine Chance. Die Kellnerin hat – Zufall oder nicht – ein erfreuliches Gespür für Timing und bringt den bestellten Cappuccino. Ich rühre die Milch unter und gebe dem Kind den Löffel. Das Kind spielt damit und sagt etwas zu dem Löffel, das wie »ungi« klingt. Und hört auf zu schreien. Gut. Der Mann und die Frau lächeln mich an. Sie denken, ich sei ein Verbündeter. Ein Freund. Einer, der Kinder mag. Oder wenigstens doch speziell ihrs. Das stimmt nicht. Ich möchte nur in Ruhe lesen. Das ist alles. Aber Nachwuchsmacher denken gerne, die ganze Welt interessiere sich für sie und ihre Brut. Oder habe sich dafür zu interessieren, automatisch, selbstverständlich. Sie können sich überhaupt nicht vorstellen, daß man an ihrem Leben keinen Anteil haben möchte. Ahnen sie per Zufall einmal, wie sehr sie irren, drehen sie den Spieß sofort panisch um. Und schimpfen wie wild auf die von ihnen halluzinierte kinderfeindliche Gesellschaft.

Ein paar Sekunden lang ist es schön still. Dann sagt die Frau zu dem Mann: »Was hast du denn heute noch für Termine?« Er, unbedacht, antwortet: »Och – gar keine.« Und bereut diesen Fehler schon im Moment des Begehens. Die Buße folgt auf dem Fuße. »Das heißt, wir können zusammen einkaufen gehen«, sagt die Frau.

»Das heißt« ist großartig. Sie sagt das, als wäre es logisch. Dabei ist es das Gegenteil: die Logik verheirateter Leute. In der nicht unberechtigten Angst, sie sollten übervorteilt werden, verteidigen sie jeden Millimeter, den sie einander einmal abgetrotzt zu haben glauben. Es ist ein zähes Ringen, gekämpft wird mit allen Mitteln. Aber immer streng solidarisch, versteht sich.

Der Mann hat jetzt wieder einen Termin. Der schwant ihm auch schon, und er reagiert sehr männlich: Er druckst herum. Er windet sich. »Ööhm, ääh, tjaa«, murmelt er gedehnt, und dann kommt es heraus: »Eigentlich wollte ich ja doch noch bei der Arbeit vorbeischauen.«

Es muß mörderisch sein, solche Komplimente zu bekommen und sie wortlos wegzustecken - kaum minder fies, als solche Komplimente zu machen. Und obwohl solche Leute einander ebenso bedingen wie verdient haben - man möchte das nicht sehen. Die beiden sitzen da, in ihren Gesichtern keine Liebe. Die brauchen sie auch nicht mehr. Sie haben ja jetzt ein Kind. Und den täglichen Kleinkrieg um Kleinigkeiten. Das ist der Kleister, der sie zusammenhält. Das schweißt sie zusammen gegen eine Welt, die ihnen aus gutem Grund ohne jedes Wohlwollen begegnet.

Ich gehe und sage nicht auf Wiedersehen. Kaum daß ich weg bin, da darf ich mir sicher sein, stecken sie die Köpfe zusammen und sagen: »Was war denn mit *dem* los?« Und verstehen sich wieder. Und wissen wieder, daß sie zusammengehören, egal warum.

Aus der Nasennebenhöhle

Der Arzt machte sich ganz klein und verschwand in meiner Nase. »Huuh, wie duster!« rief er. »Gibt's hier kein Licht?« Ich reichte ihm eine Taschenlampe hinterher und hörte ihn in meiner Nase herumwandern. Nach einer Minute war er wieder da. Er ging in ein Nebenzimmer, aus dem er in kompletter Tauchermontur zurückkehrte: Anzug, Flossen, Brille mit Scheibenwischer und Sauerstoffgerät. »Auf ins gelbe Meer!« zwinkerte er mir zu, griff sich einen Werkzeugkasten, verkleinerte sich und drang erneut in meine Nase vor.

Drinnen hörte man ihn grupscheln und rumoren. »Wo ist denn der Siebener Schlüssel?« Seine Hand tauchte aus meinem linken Nasenloch auf und schnipste. »Schwester, Zange!« Dann ging alles sehr schnell: Es zwackte und knurpselte, es gab einen heftigen Ruck, die Schwester machte runde Augen, sagte »Ooh!« und sank zu Boden.

Der Arzt kletterte aus mir heraus und wusch sein Werkzeug. Während er sich umzog, fragte er: »Wissen Sie eigentlich, wie es in Ihnen so aussieht?« – »Och«, sagte ich, »nicht direkt.« Er schlug die Beine übereinander und zündete sich ein Zigarettchen an. »Die Skulpturen von Eugen Egner, die Sie in Ihren Nasengängen ausstellen, sind ja sehr beeindruckend«, sagte er. »Aber der Buckel auf Ihrer Nasenscheidewand gefällt mir gar nicht.« Er lächelte verschmitzt. »Wußten Sie eigentlich, daß man Nasenscheidewandverkrümmung früher mit Kokain behandelt hat?« Er patschte in die Hände. »Zack! Einfach weggekokst!« Er strahlte vor Begeisterung.

»Ich weiß«, gab ich zurück. »Ich hab's auch ausprobiert. Aber das Kokain heutzutage hat keine gute Qualität. Und wenn es mit Speed versetzt wird, ist es ganz furchtbar. Das reinste

Sabbelpulver.« – »Hmmh«, nickte er betrübt. »Seitdem Konstantin Wecker sich die Koksbekennerbluse aufgerissen hat, ist es ja auch irgendwie peinlich geworden. Andererseits ist richtig gutes Kokain extrem gefährlich. Die Droge ist einfach zu gut.« Wir fachsimpelten noch ein bißchen, bis der Arzt das Gespräch wieder auf meine Nase brachte. »Diese Fraktur«, fragte er, »wo haben Sie die her?«

»Das war ein Bundeswehrsoldat. 1980, auf der Sommerparty von Helmut Schmidt im Bundeskanzleramt in Bonn. Ein Unteroffizier hat mir die Nase zerdullert, und zwar volles Brett.« Der Arzt tippte sich an die Stirn. »Sie können mir viel erzählen. Bundeskanzleramt. Helmut Schmidt. Hahaha.« – »Doch«, sagte ich, »das stimmt. Ich war als Schülerzeitungsredakteur eingeladen. Das war damals bei der SPD so üblich, sich auch ein paar Leute dazuzubitten, die sie als ›kritische junge Menschen‹ bezeichnete und mit denen sie dann ›in einen Dialog eintreten‹ wollte oder so was. Jedenfalls stiefelte ich auf dieser Party herum, überall waren Uniformierte, auf die Schmidt als Wehrmachtsleutnant natürlich steht, auch wenn er heutzutage in der *Zeit* von Mahatma Gandhi schwärmt, ausgerechnet Schmidt, dieser Herrenzwerg. Für mich als Kriegsdienstverweigerer waren die Uniformfritzen die blanke Provokation, und das sah man mir wohl auch an. Einer von denen ist mir dann im Dunkeln hinterhergegangen, und der war nicht nur dumm wie Stulle, sondern leider auch gut trainiert.«

»Jaja«, sagte der Arzt, »Bürger in Uniform nannte man die damals.« Da mußten wir beide sehr lachen.

Ohrengeiselnahme im ICE

Der Menschheitstraum vom 16-Tonnen-Gewicht

Eine der tröstlichsten Ideen von *Monthy Python's Flying Circus* war das 16-Tonnen-Gewicht. Regelmäßig fiel es vom Himmel herunter und beendete die Existenz von Leuten, gegen die außer einer radikalen, finalen Maßnahme kein Mittel hilft, kein Argument, keine Menschenliebe, einfach nichts: ausgepichte Finsterlinge, indolent, nichts als sich selbst merkend, dröhnend, weit über ein zumutbares Maß hinaus beschränkt, zum Verzweifeln dumm und entsprechend wichtig sich aufführend, kurz: unendlich lästig. Auf sie sauste das wie von einem guten Gott gesteuerte Gewicht herab, und sobutz war Schluß. So einfach geht manchmal das Glück.

Das 16-Tonnen-Gewicht hat nur einen, aber entscheidenden Nachteil: In der wirklichen Wirklichkeit existiert es nicht. In echt gibt es kein 16-Tonnen-Gewicht. Es entfaltet seine humanistische Durchschlagskraft allein in der Phantasie.

Dabei wäre es manchmal so dringend nötig. »Schon Wahnsinn, schon Wahnsinn, der Standort BRD, wenn ein Ruck durch dieses Land geht, und man sitzt im ICE«, singt Funny van Dannen; das ist sehr zurückhaltend formuliert. Ich weiß ja, daß man nichts über Männer mit Mobiltelefonen schreiben soll. Das Thema ist, wie die Profis so sagen, *verbrannt*. Beziehungsweise sogar *abgefrühstückt*. Modethemen meiden, heißt eine gute alte Regel, sonst kann man sich gleich in die Tonne treten und so etwas werden wie Ingo Appelt oder Ingolf Lück. Handys sind tabu! Aber dieses Mal muß es sein. Alsdann: Ich wage mich hinein in die *verbotene Zone*:

✝ Danger! ✝ Danger! ✝ Danger! ✝

Der Mann im ICE von Berlin nach Stuttgart ist äußerlich ganz unscheinbar; das hat man oft, daß die Bestie sich harmlos gibt. Er hat einen Vierertisch okkupiert und sich so breitbeinig hingesetzt, daß man durch die Hose seine Sacknaht sehen kann. Das heißt, man *könnte* seine Sacknaht sehen, wenn nicht seine rechte Hand auf seinem Sack läge. Und daran kratzte. Hin und wieder hebt er die Hand vors Gesicht und betrachtet interessiert seine Fingernägel. Einmal schnüffelt er auch an ihnen und scheint mit dem Ergebnis ebenfalls nicht unzufrieden zu sein. Dann kratzt er sich wieder. Kratz kratz kratz. Bis am Ende womöglich gar kein Sack mehr da ist. Das wäre, zumindest in seinem Fall, unbedingt ein Fortschritt.
Doch der ist nicht in Sicht, nirgends. Kratz kratz kratz. Es ist zum Fundamentalistischwerden. Man hat nur noch einen Gedanken: Islam her, Hände ab!
Der Mann ist ein anatomisches Wunder. Sein Gehirn ist sogar noch kleiner als sein Schwanz. Umgekehrt gilt der Satz aber auch.
Mit dem Daumen der linken Hand drückt der Mann auf seinem Handy herum und brüllt anschließend hinein. Meistens brüllt er »Hallo! ... Hallo! ... Hallo!« Manchmal aber auch – er spricht mit starkem russischem Akzent – »Vierrtausänd Makk! Hundärrt Quadrattmättärr! Brauch ich Auto! Kannst du mir gäbbän?« und ähnliche Dinge, die eindeutige Rückschlüsse auf ein veritables Halsabschneiderleben zulassen. Die Gespräche dauern im Schnitt eine Minute, es folgt eine winzige Pause, in der eine neue Nummer gedrückt wird, und dann geht die Sache von vorne los: »Hallo! ... Hallo! ... Hallo!« Nach dem siebten oder achten »Hallo! ... Hallo!« in knapp zehn Minuten beginnen einige der Reisenden, die er, wie alle im Großraumabteil, zu Ohrengeiseln gemacht und zur Zuhörerschaft verurteilt hat, zu kichern; irgendwann lachen sie laut und äffen den Mann nach: »Hallo! ... Hallo! ... Hallo!«
Es ficht ihn nicht. Er macht weiter, stur wie ein Panzer.

»Hallo! ... Hallo! Guttäs Objäkt! Schönnä Immobilljä!« Drei Stunden geht das, und nicht einmal geht ihm die Puste aus. Drei Stunden lang brüllt er in sein Handy hinein, manchmal auch auf russisch, aber der Glaube, er brülle dann vielleicht etwas Intelligenteres, ist doch stark erschüttert. Außerdem ist es egal. Selbst wenn einer am Telefon so etwas Zauberhaftes wie das Liebesleben der Kolibris erklärte, würde es nicht besser, solange er brüllt. Das Zauberwort heißt leise. Und es tut auch nichts zur Sache, daß der Mann Russe ist. Wenn es irgendeine Internationale Solidarität gibt, dann ist es die der Arschgesichter. Wer deutsch brüllt, wird dadurch nicht weniger eklig - ganz bestimmt nicht. Aber dieser Mann brüllt nun mal russisch. Beziehungsweise »Hallo! ... Hallo! ... Hallo!«.
In Frankfurt am Main, wo Quälköpfe wie er zu Tausenden im Reagenzglas hergestellt werden, steigt der Mann aus. Der erleichterte Applaus der verbliebenen Fahrgäste begleitet ihn. Nicht einmal das kriegt er mit. Und das Betrüblichste ist: Als er auf den Bahnsteig tritt, fällt kein 16-Tonnen-Gewicht auf ihn herunter. Die Menschheit ist verlassen. Wir sind allein.

Der zopftragende Mann

Eine abschließende Betrachtung

Wenn ein Mann seine Haare zu einem Zopf bindet, ist das ein ernstes Signal an die Außenwelt. Der Mann möchte, wenn auch unbewußt, den Menschen etwas sagen. Durch seine Frisur hat sich der zopftragende Mann in eine optische Notrufsäule verwandelt und drückt ständig bei sich selbst auf den Knopf. »Helft einem, der sich selbst nicht mehr helfen kann! Bitte!« fleht es wortlos aus ihm heraus. »Ich bin scheiße, und jeder kann es sehen!«

Die Menschen betrachten den Mann mit dem Zopf. Sofort ist seine Botschaft bei ihnen angekommen. Doch sie verhallt folgenlos. Viele sehen peinlich berührt zu Boden. Rasch huschen sie davon, andere wenden sich angeekelt ab. Nicht einer ist da, der dem zopftragenden Mann hilft in seinem Elend; die Menschen überlassen ihn sich selbst und seinem Schicksal.

Diese Erfahrung macht den Zopfträger hart und bitter. Aus Rache an der Gesellschaft, die ihn verschmäht, rasiert er sich die Schläfen, läßt am Hinterkopf einen harten Rasierpinsel stehen und wird reich, berühmt und noch vakuumöser, als er schon war. Manchmal heißt er Karl Lagerfeld und widmet sein Leben der Aufgabe, der Welt zu beweisen, daß Bräsigkeit und Affektiertheit keineswegs unvereinbare Gegensätze sind. Gelegentlich bindet sich der zopftragende Mann auch das Haar im Nacken zu einem dicken Bötzel zusammen, nennt's Pferdeschwanz, macht im Frühstücksfernsehn den Launigen, glitscht sich durch »Verstehen Sie Spaß?«, den Gnadenhof der TV-Semiprominenz, hört auf den Namen Cherno Jobatey und ist die Verneinung dessen, was man Esprit nennt und Stil.

Als Mann einen Zopf tragen und trotzdem ein Wort wie Menschenwürde routiniert auf der Zunge führen: Genauso sieht er aus, der Zopfträger - und ahnt nicht einmal, daß man beides, einen Zopf *und* eine Würde, nicht gut haben kann. Da muß man sich schon entscheiden. Und genau das hat der zopftragende Mann ja auch getan.

Ebenfalls lästig sind jene Gesellen, die ihre dreieinhalb Haare langwachsen lassen und sie zu einem dürren Zöpfchen zusammenfriemeln. Das sieht so aus, wie es klingt: Glatze mit Rückholbändchen. Trotzdem muß man gerade diese Kombination erstaunlich oft mit ansehen - wenn sich zum Beispiel Herr Zopfglatz-Glatzzopf im Bus, in der Eisenbahn oder im Flugzeug in den Sitz direkt vor einen wuchtet und dabei seine Hinterkopfkordel mit einer schwungvollen Geste hinter sich schleudert, damit er sich das kostbare, zierwurmartige Gerät nicht einklemmt. Woraufhin es dann in all seiner Kümmerlichkeit und Trübnis direkt vor der Nase des Hintermannes herumpendelt.

An meinem Schweizermesser befindet sich eine solide Schere - noch nie aber habe ich, wenn solch ein Trauerschwänzchen vor meiner Nase baumelte, von ihr Gebrauch gemacht. Wieso nicht? Möchte ich am Ende doch heiliggesprochen werden? Oder habe ich versehentlich die Titelrolle angenommen in dem Softcore-Schocker »Tolerator III - jetzt erduldet er alles«?

Vor mir pendelt noch immer, in seiner zäpfchenartigen Konsistenz, das Zöpfchen des Vordermanns. Schnitte ich es ab und kochte es aus, ich wäre ein gemachter Mann: Mit dem Fett könnte ich der Margarineprinz von Maghrebinien werden - mindestens. Doch nimmt man nichts an vom zopftragenden Mann.

Mit Walser singen in Überlingen

Überlingen am Bodensee ist ein Nest wie aus dem Prospekt »Unsere kleine Stadt soll noch schöner werden«. Ruhig ist es und lauschig, der Ort hat viel Sonne und ist auch sonst auf Besuch eingestellt, der gern schon etwas hinfällig sein darf, denn in Überlingen kann man gesund werden, kuren, den schangeligen Leib erquicken und auch an der Seele genesen. Für letztere Zwecke lugt hier Rudolf Steiner aus jedem dritten Fenster: Hoch ist die Anthroposophendichte, die Kinder singen »Mein Haus hat runde Ecken«, gehen in die Kaspar-Hauser-Schule, werden per Demeter ernährt und bekommen zu Weihnachten Instrumente ohne Stromanschluß.

Kurz: Überlingen ist ein Idyll, malerisch, nicht horstmahlerisch, aber das kann leicht werden; wenn das Idyll - tatsächlich oder auch nur angeblich - bedroht wird, zeigt es schnell seine Kehrseite, die Hölle. So ist das mit solchen Käffern: landschaftlich schön, menschenlandschaftlich weniger.

In Überlingen wohnt Martin Walser, ein Mann, der an der Idylle hängt; seinen Kindheitserinnerungen gab er den Titel »Ein springender Brunnen«. »Ein sprudelnder Zapfhahn« wäre passender gewesen: Walser ist Gastwirtssohn und hat als solcher gelernt, was die Leute hören wollen und was nicht. Das ist eine gute Voraussetzung dafür, ein deutscher Schriftsteller zu werden - der sich dann auch hineinbegibt in das, was die Deutschen intellektuelle Debatten nennen: sittlichkeitspolizeiliche Erwägungen darüber, was und wie man zu sprechen und zu denken habe im öffentlichen Deutschland.

Ins Zentrum dieses weniger intellektuell als hochmoralisch aufgerüsteten Feuilleton-Klingelings stellte sich Martin Walser mit seinen Äußerungen über Auschwitz und das Holo-

caust-Mahnmal. Die meisten Deutschen, Walser weiß das, sind des Themas überdrüssig. Es verursacht ihnen ein schlechtes Gefühl, hat auch etwas Bedrückendes, und irgendwie wurde auch schon zu lange davon geredet, langsam muß es gut sein und Schluß damit – in dieser Preisklasse fühlt es in den Deutschen herum. Nicht wenige von ihnen gehen noch weiter. Klaus Rainer Röhl, ehemals Herausgeber von *konkret*, und Harald Wessel, früher stellvertretender Chefredakteur beim *Neuen Deutschland*, prangern seit Jahren händeringend den deutschen »Nationalmasochismus« an. Mit diesem Phantasievorwurf werden von ihnen all die Leute belegt, die nicht willens sind, das Land, in dem sie eher zufällig geboren sind, mit Ausrufungszeichen zu buchstabieren und entsprechend jeden, der nominell nicht dazugehört, ohne näheres Ansehen der Person für eine Bedrohung zu halten. Kritische Distanz der eigenen Nation gegenüber gilt diesen Greisen ohne Geschäftsbereich und dem ihnen hinterhertrottelnden Jungvolk sogar als »wahnhafter Nationalmasochismus«, und wenn einer die etwas jugendlich-naive, hoffnungsfroh-euphemistische Parole »Nie wieder Deutschland!« ruft, bekommt er den deutschen Rat erteilt, das doch »in Esperanto artikulieren« zu sollen, in »künstlicher Weltsprache«. Als hätten nicht gerade die Deutschnationalen wiederholt bewiesen, daß sie deutsch vielleicht fühlen, ganz sicher aber nicht nennenswert sprechen und schreiben können. In jedem Fall ist das flaue Esperanto-Scherzchen ein treffliches Beispiel für die spezifische Trostlosigkeit völkischen Humors.
Den allerdings kann man Martin Walser nicht vorwerfen – schließlich ist Walser, wie auch Günter Grass, in dessen Schriften die Altersmeise tiriliert, ein Großschriftsteller mit eingebauter Anwartschaft auf den Nobelpreis. Da heißt es seriös parlieren und, wenn das nicht klappt, es hinterher also öffentliches Theater gibt, alles dementieren. Das ist die Methode Walser: Erst den Deutschen nach dem Schließmuskel reden

und später, wenn ein paar Leute das abgestandene Zeug zurückgewiesen haben, es a) nicht gewesen sein wollen und b) im Interview mit der *Welt* darüber lamentieren, daß man »auswandern« müsse.

Martin Walser ist ein Feigling. Wer ihn - zum Beispiel seines Eintretens für den früheren DDR-Spion Rupp wegen - für einen beherzten Mann hält, irrt. Walser riskiert gar nichts. Er weiß, wer ihn deckt. Wenn es um seine Zwangsvorstellungen von Deutschland und deutscher Kultur geht, ist sich Frank Schirrmacher, Mitherausgeber der *FAZ*, nicht zu schade, das Märchenerzählen anzufangen. »Man weiß, daß der Friedenspreis des Deutschen Buchhandels ein lebensgefährlicher Preis ist«, schrieb Schirrmacher in seinem Blatt; »Martin Walser erlebt das seit vielen Monaten.« Man könnte in Tränen ausbrechen über die Verfolgung des Martin W., wüßte man nicht, wer Frank Schirrmacher ist: ein Intrigant, ein überführter Hochstapler, dessen Verhältnis zur Wahrheit ein ausschließlich taktisches ist. Wenn ihm die Wahrheit nützlich erscheint, lügt Frank Schirrmacher vielleicht sogar einmal nicht.

Kritik an Walser nennt der jungengesichtige *FAZ*-Aufstreber dramatisierend »Feuilletonoperationen«, spricht von »Höllenmechanik« und von einem »Gerichtshof, vor dem es keine Freisprüche gibt, nur Bewährungen«. Ein bißchen Dante, ein bißchen Freisler, das ist die Hölle, der Martin Walser ausgesetzt ist, schenkte man ihm und seinem *FAZ*-Fürbittsprecher Glauben. Es muß ein sehr kommoder Ort sein, dieses Fegefeuer. Wenn man genau hinschaut, sieht es aus wie Überlingen.

Wer wird Hitler 2000?

So ein Hitler stabilisiert ungemein. Wohl dem, der einen Hitler hat, einen neuen Hitler, einen virtuellen. Der muß sich keine Gedanken mehr machen, der hat ausgesorgt, für den ist alles klar. Wer erst einen Hitler hat, der hat auch ein Auschwitz, das er anderen in die Schuhe schieben kann. So etwas ist sehr praktisch.

Einer der ersten, der die industrielle Vernichtung von Menschen zum Synonym nahm für alles, was ihm irgendwie nicht paßte, war Jürgen Fuchs. Die DDR nannte er ein »Auschwitz in den Seelen«. In einem Land, in dem die Öffentlichkeit bei Trost wäre, hätte man von so einem kein Stück Brot mehr genommen. Nicht so in Deutschland: Da darf man sich unter Applaus mit Millionen ermordeter Juden gleichsetzen, wenn's nur dem guten Zweck der Selbsterhöhung dient.

»Die Hitler kommen und gehen, das deutsche Volk aber bleibt bestehen«, soll Josef Stalin einmal gesagt haben. Der Mann hatte leider recht: Das deutsche Volk ist immer noch da, und die Hitler kommen sogar in inflationären Massen. Wladimir Schirinowski war der »Russen-Hitler«, Saddam Hussein sogar ein globaler, ein Mann mit dem ulkigen Namen Bin Laden bzw. Bin gleich wieder da wurde kurzfristig als Versuchshitler aufgebaut, der Libyer Gaddafi wird immer mal wieder gern genommen, Frank Schirrmacher wird als »der neue Hitler der *FAZ*« gehandelt, und manchmal, wenn gerade kein anderer Kandidat greifbar ist, muß irgendein kolumbianischer Drogenfitti den Hitler geben. Hochbeliebt ist auch der »Hitler in uns allen«, von dem zeitweise sehr gesprochen wurde. Dessen Existenz aber ist nicht gesichert: Ich habe bei mir nachgesehen, und es war kein Hitler da. Oder versteckt er sich nur besonders gut? Das sind so Fragen.

Klar ist: Ein Hitler wird dringend gebraucht. In Feuilletonistensprech: Hitler – verzweifelt gesucht. Ohne einen neuen Hitler wäre die freie Welt verratzt. Da muß man nehmen, wen man kriegen kann. Manche greifen sich sogar Peter Handke, obwohl der Mann sichtlich ungeeignet ist. Allein schon die Frisur! Dennoch muß Handke herhalten, weil er sich störrisch auf die falsche Seite stellt, zu den Serben, und die sind ja auch alle irgendwie ziemlich Hitler, also nicht nur ihr Chef, sondern alle. Handkes Verbrechen besteht darin, daß seine Meise anders piepst als die seiner Kollegen. Jürg Laederach nennt Handke in der *Weltwoche* einen »lehmverschmierten Grödaz«, und Robin Detje, früher bei der *Zeit* und heute einer von den vielen, die bei der *Berliner Zeitung* Frust schieben, fängt richtig an zu fabulieren. »Auschwitz! ruft seit Wochen Peter Handke, begleitet von übertriebenen Leidensäußerungen«, behauptet Detje. Zwar war es im Krieg so, daß wochenlang Scharping und Fischer »Auschwitz« grölten, wie sie es gerade brauchten, und daß Handke es dann auch einmal tat, aber davon liest man bei Robin Detje kein Wort. Verzerrte Wahrnehmung wäre ein freundliches Wort für das Zeug in Detjes Kopf, aber die Motivlage ist fieser: Während Handke nur für sich alleine einen religiösen Dachschaden hat, stellen sich Leute wie Laederach und Detje simpel in die Meute. Die Frage aber bleibt: Wer wird Hitler 2000? Wetten werden noch entgegengenommen.

Im deutschen Wald

Der Landstrich zwischen Wanderlust und Vandalismus heißt Deutschland. Und wo das Deutsche am tiefsten ist, bin ich gewesen – im deutschen Wald. Im Dickicht. Dumpf roch es und modrig, weich federte der Boden. Es war die Zeit der Stinkmorcheln. Nicht nur im übertragenen Sinn – ganz in echt hatten sie sich im Wald aufgepflanzt. Es waren Dutzende, der Wald war voll von ihnen. Weiß leuchteten sie durch die Bäume, schimmerten hell im dämmrigen Wald, eine Versammlung von Erektionen. Neben einigen von ihnen lagen, im Waldboden noch halb verborgen, die sogenannten Hexeneier: mit Gallertmasse gefüllte pralle Hoden. Andere lungerten schlaff und matt im Moos herum, Penisse in der Refraktärphase quasi; manche trugen am Kopf etwas, das wie ein gewaltiges Noppenkondom aussah. Und alle stanken sie vor sich hin, streng, penetrant, ungelüftet, germanisch.
Durch diesen Alptraum mußte ich hindurch. James Fenimore Coopers »Waldläufer« fiel mir ein, aber einer der Pimmelpilze rief: »Waldläufer? Kennen wir! Das ist doch eine Figur aus Peter Handkes neuem Stück! Das hoffentlich durchfällt! Hoho!« Ich erkannte Hellmuth Karasek und machte, daß ich wegkam.
Handke ist ein Anti-Amerikaner, kam es von der Seite gezischelt, von Frau Lau in der *Welt*; so erfuhr ich, daß es auch Morchelinnen gibt. Und der Gatte, den sie hatte, sekundierte in der *Zeit*: Anti-Amerikanismus ist immer fast auch schon Antisemitismus! Finster war das im deutschen Wald; weg wollte ich, nur weg. Du mußt lernen, die Bombe zu lieben! Besonders, wenn sie auf andere fällt! Wer die Bombe nicht liebt, ist ein Serbenliebchen, schallte es mir hinterher. Die Versammlung war offenbar sehr mit sich zufrieden.

Endlich kam ich aus dem Wald heraus, ins Freie, aber auch hier war dicke Luft, diesig-verhangen, einen Film aufs Gesicht legend, schwer. Naßgrün lagen die Wiesen, fettbraun glänzte die Erde am Wegrand. Ich lief und lief und kam doch nicht davon, immerhin war es menschenleer. Die Bombe lieben, hallte es nach. Die Neutronenbombe vielleicht? Das adäquate Haushaltsgerät für die Deutschen? Der Gedanke hatte etwas Befreiendes.

Wenn man die Fernseh-, Funk- und Verlagshäuser, in denen die Bomben auf das jugoslawische Fernsehen als Sieg des Guten und ethisch Notwendigen gefeiert wurden, mit ein paar freundlichen, intelligenten Neutronenbömbchen belegte, die immer wüßten, wen sie treffen sollten, wären die Stinkmorcheln weg, ihre Geräte aber noch da. Man könnte schöne Zeitungen machen, mit lauter weißen Blättern, könnte Funklöcher produzieren, Schweigen auf allen Kanälen. Es klang verlockend.

Ich sah die Berliner Republik, die Chimäre, hinter der sie alle her rannten, hysterisch, wichtig, aufgepumpt, hohl; ohne das ganze Personal existierte das Wahngebilde nicht. Wie schön. Die architektonischen Menschenversuche standen leer herum und verrotteten peu à peu, niemand füllte das Zeug mit Lärm. »Die Regierung kann kommen!« hatte Giovanni di Lorenzo vom *Tagesspiegel* in allerlei Großanzeigen verkündet; jetzt konnte man seine und die Anzüge seiner Regierung an albanische Flüchtlinge verschenken, die trugen gerne so protzige Sachen. Es war herrlich: keine Wanderlust mehr, kein Vandalismus, und vor allem nicht der Alptraum dazwischen. So etwas kann einem einfallen, wenn man es versäumt, den deutschen Wald zu meiden.

Veni, vidi, Witwe

Eine Radio-Kollage aus den besseren Kreisen

Die Personen:

Hilmar Kopper, ein Wirtschaftskapitän
Irene Kopper, Bibliothekarin, seine Frau
Christopher Kopper, Historiker, ihr gemeinsamer Sohn
Willy Kopper, ihr gemeinsamer Hund
Brigitte Seebacher-Brandt, Witwe und Hilmars Geliebte
Matthias Matussek, Medienmann

Matussek *forsch*: Herzlich willkommen bei Matussek! Matussek - die Show der Reichen und Regierenden! Das ist Matusseks Kragenweite. Matussek ist da, wo das Geld ist. Mittendrin in der Neuen Mitte. Jjaaah! *Schaltet um auf ernst:* Bei mir ist heute ein Mann, der mächtig ist. Kein Partylöwe, sondern ein Arbeitsbulle. Ein Wirtschaftskapitän mit 14-Stunden-Tag. Ein Leben wie ein Schienenstrang. 38 Jahre verheiratet - mit der eisernen Entschlossenheit, Frustration zu ertragen. Und mit seiner Frau. Er ist hier bei mir, bei Matussek, um mir von dieser schwierigen, schmerzhaften Privatangelegenheit zu erzählen. *Kunstpause:* Hier ist Hilmar!

Hilmar: Ich habe eine eigene Erklärung vorbereitet: Es stimmt, wir trennen uns. Und: Wenn ich keine Lust habe, zu Abend zu essen, dann will ich auch nicht essen.

Matussek *verständnisinnig*: Sätze, wie sie harmloser nicht sein könnten. Etwas unbeholfen vielleicht, aber unschuldig. Trotzdem gerät der Mann ins Sperrfeuer. Denn es gibt nicht nur Mama und Papa, es gibt auch –

Christopher *dazwischensprechend:* Christopher! Ich bin Historiker. Es ist eine Schande!

Matussek *giftig:* – ja, es gibt Historiker. Die muß es wohl geben. *Wieder verständnisvoll:* Und es gibt Paparazzi. Bei der »Bild«-Zeitung. Bei der »Bunten«. Bei den Linkshedonisten vom »stern«. *Erregt:* Oh, sie sind ja so widerlich, diese Linkshedonisten vom »stern«! Doch zum Glück gibt es noch anständige Medien in diesem Land. Wie Matussek! Wie Franz Josef Wagner von der »B. Z.«. Ein feiner Mann, ein freimütiger Mann. *Bremst sich:* Doch erinnern wir uns: Wir leben nicht in Iran, wir leben in Deutschland. Und damit zurück zu Hilmar.

Hilmar: Das wurde auch Zeit, Bürschchen. Reden wir über mich, reden wir über Hilmar. Hilmar ist mächtig. Vor allem mächtig scharf auf Brigitte. *Schmaddrig:* Hha hha hha.

Matussek *devot:* Danke, Herr Hilmar, für diese wunderschöne Überleitung. Zu Brigitte. Brigitte, die Witwe. Hier ist sie!

Brigitte: Hier bin ich. Brigitte. Die Witwe. Mein Motto heißt: Ich kam, sah und sog.

Hilmar: Siegte, Schatz. Siegte.

Brigitte: Stimmt. Ist ja Latein: Veni, vidi, Witwe.

Matussek: Ist sie nicht wundervoll, diese schillerndste Figur in der Ménage à trois? Brigitte, der Glamourpart der neuen Frauengeneration – der Beweis, daß eine Frau auch jenseits der 50 verführerisch sein kann … *Stöhnt leise:* O Gott, ich könnte mir unters Kinn pissen! *Er beherrscht sich mühsam:* Aber es gibt auch andere Frauen. *Mißbilligend:* Ältere Frauen. Wie diese *sehr gelangweilt und gönnerhaft* intelligente Bibliothekarin, die in der Frankfurter Gesellschaft beliebt ist und *gähnt* eigene Engagements verfolgt. Herzlich Willkommen, Irene.

Irene: Ich weine nicht mehr. Mein Mann ist nicht mehr da. Aber unser Hund ist bei mir. Er heißt Willy. Ich meine, der Hund. Der Hund heißt Willy.

WILLY *jaulend*: Huuh huuh!

HILMAR *scharf*: Wir hatten eine Abmachung: Kein Wort über Willy!

BRIGITTE: Willy ist tot. Den hab' ich selbst beerdigt. Ich war dabei.

WILLY *knurrend*: Arrrf arrrf.

IRENE: Jetzt will die Witwe auch noch den Hund totschweigen. So wie mich. Dieses Monster! Aber Willy lebt! Der Hund hält zu mir!

WILLY *hechelnd*: Hhh hhh hhh hhh hhh hhh.

IRENE: Ja, Willy, gut, Willy, braaav, Willy.

CHRISTOPHER: Es ist eine Schande! Ich bin Historiker!

HILMAR: Kopf zu, Idiot! Willy, Willy, wenn ich das schon höre. *Singt:* Geestern, ham's den Willy derschlagn! *Zügelt sich:* Und überhaupt: Mein Willy heißt Walter.

IRENE *überrascht*: Walter? Davon weiß ich ja gar nichts.

BRIGITTE *schneidend*: Ich auch nicht. Hilmar! Was ist das mit diesem Walter? *Schnappend:* Hilmar! Sofort sagst du mir, was los ist! Hilmar! *Extrem dominant:* Gehorch mir! Ruf jetzt an!

MATUSSEK: Ja, das kann passieren, wenn wir nicht auf der Höhe unserer eigenen Frischwärts-Parolen fühlen. Und das war sie auch schon, die Show für Reiche und Regierende, für alle, die das auch gern wären und für alle, die denken, sie wären es: Matussek! Danke an Hilmar und Irene, an Christopher und Willy, und danke an die Witwe. Bis zum nächsten Mal, wenn es wieder heißt: Matussek!

Alle zusammen *Randy Newman singend*: Jolly coppers on Parade … jolly coppers on Parade … jolly coppers on Parade …

Langsames Fade-out.

Poplinke mit Goldkante

Anzeigenakquise bei *spex*

»Für eine Erscheinung wie RAMMSTEIN, ein herrisches Hörbild kratzschrubbenden Blutsturzes pfeifender und knallender Paukisten des Gottseibeiuns unterm Galgen armloser Gehenkter auf dem kahlen Berg um Mitternacht, während neben purpurnen Blutlachen tausendfarbig schillernde Pfützen frisch geopferten Maschinenöls glitzern, für SOWAS: fehlen journalistische Kategorien. Kreischende, rostige Metallspinnen, groß wie Häuser, die mit Eiter verklumpten Stacheldraht scheißen?« So eiterte und klumpte es im Oktober 1997 direkt aus *spex* heraus, dem nach eigener Auskunft »Magazin für Popkultur«. Der Autor: Dietmar Dath aus Freiburg im Breisgau, der 1994 eine tote, verweste Maus per Post an Gerhard Henschel und Heribert Lenz schickte, weil sie es gewagt hatten, ihn in einem Comic der *jungen Welt* zu bespötteln.
Die Feststellung, daß *spex* ein elaboriert verquarktes, gespreiztes Angeberblatt ist, erhebt schon lange nicht mehr den Anspruch, eine neuere Erkenntnis zu sein. Lustig aber fand ich es trotzdem, als mir – ebenfalls im Oktober 1997 – Volkskommissar Zufall ein Papier in die Hände spielte, das die mit ihrer Unabhängigkeit und Dissidenz ständig bis zum Platzen prahlende *spex* zum Werbekundenfang einsetzt: »Anzeigentarife und Selbstdarstellung« ist das fünfseitige Dokument betitelt. Da stehen richtig prima Sachen drin.
»Viele, die als Schüler oder Studenten schon die legendären, großformatigen Schwarz-Weiß-Nummern gelesen haben, sitzen heute an exponierten Stellen in der Musik- und Medienindustrie, vergeben Etats, erfinden Kampagnen ... und lesen natürlich immer noch *spex* – die einzig ernstzunehmende In-

stanz in Sachen Popkultur«, schreiben die *spex*-Werber, die es wissen müssen: Der lange Marsch in den Arsch ist beim Verein für Poplinke e. V. offenbar sogar noch kürzer als bei den Kollegen vom Non-Pop. Der Wink mit dem wichtigen Job in der Agentur oder bei der Plattenfirma ist der legendären »Ado-Gardinen«-Werbung nachempfunden: »Achten Sie auf die Goldkante – es lohnt sich ...«

Genauso geht das weiter: »Zur Morgendämmerung der 80er Jahre gegründet, konnte *spex* sich mit unvergleichlicher Kompetenz, Glaubwürdigkeit und ehrlicher Hingabe als unabhängige Musik- und Kulturzeitschrift etablieren« – als wäre man bei einer Glaubwürdigkeitskompetenz-Butterfahrt, Eugen Drewermann und Hans Küng inklusive. Vielleicht aber hat man bei *spex* dann doch Angst, potentielle Anzeigenkunden mit dem Jesus-Genöle von »Morgendämmerung« und »Ehrlichkeit« eher ins Bockshorn zu jagen als zum Geldraustun zu animieren, und behauptet daher blank: »*spex* erreicht weitaus mehr Leser als es die blanken IVW-Zahlen vermuten lassen. Eine *spex*-Ausgabe – das belegt unsere Leserumfrage von 1994 – geht durch mehr als nur zwei Hände.« Durch drei vielleicht, beim rituellen Einhandklatschen in Köln-Nippes oder Köln-Wahn? Aber wer will das wissen?

Der Kunde natürlich, dem deshalb ein herrliches Bild des *spex*-Lesers gemalt wird: »*spex*-Leser sind Meinungsmacher, die opinion leader ihrer peer groups. *spex*-Leser gehen mit großer Bewußtheit durchs Leben: für ihre Ziele, ihre Haltung, ihren Stil. *spex*-Leser wollen wissen, wie ES weitergeht – wie klingt die neue Musik, wie geht die neueste Theorie, wie sitzt der neueste Turnschuh?« Mit Sigmund Freud gefragt: Wenn das ES opinion leader einer peer-group wäre und Füße hätte – trüge ES dann Nike, adidas oder Puma?

Wer dennoch *spex*-Leser bleiben möchte, muß gerechterweise noch mehr leiden: »Nach über fünfzehn Jahren Heftgeschichte ist unsere Leserschaft nicht gealtert. Das Durch-

schnittsalter liegt bei 24 Jahren. 93 % der Leser sind männlich«, weiß das *spex*-PR-Team. Man ahnte ja lange schon, warum es ausschließlich immer wieder neue Jungmännerfrischlinge mit zu großer Plattensammlung und habituellem Mangel an Geschlechtsverkehr sind, die einen nach Konzertbesuchen ungebeten über angeblich okaye oder nichtokaye Musik zutexten. Jetzt weiß man es: Das sind alles *spex*-Leser.
Die ihrerseits *spex* laut Umfrage vor allem für »informativ, trendy und anspruchsvoll« halten – wie sich selbst eben auch. Und dafür von den *spex*-Anzeigen-Akquisiteuren das Lob des Todes bekommen: »Während andere Zeitschriften meist nur auf die für den jeweiligen Leser interessanten Stellen durchforstet werden, ist für einen Großteil der *spex*-Käufer die gesamte Lektüre samt Anzeigen und Impressum eine Selbstverständlichkeit. Sie lesen alles.« Selten wurde inferior gläubische und zugleich scholastische Pedanterie präziser beschrieben: »Sie lesen alles.« Exegese-Trottel interpretieren sich durchs Impressum. Cool! Und wer noch immer nicht weiß, warum die *spex*-Leser sich so in nichts unterscheiden von den armen Willis, die in ihrer Freizeit Bundesbahn-Fahrpläne oder Katechismen aller Art auswendig lernen, kriegt auch das noch gesagt: »*spex* wird nicht oberflächlich geblättert, sondern gewissenhaft durchgearbeitet.« Damit aus Stefan Streber auch ganz sicher Peter Primus wird.
Der zum Lohn auch einen seiner Bedeutsamkeit angemessenen Job bekommt, vielleicht sogar als *spex*-Werbetexter: »Die Plattenbesprechungen sind Grundlage für den Einkauf sowohl der angesagtesten Händler als auch deren Kundschaft. (...) *spex* leistet so die wichtige Aufbauarbeit, die neue Produkte brauchen, um sich langfristig im komplexen wie schnellebigen Markt der Jugendkulturen behaupten zu können.« Für diesen brav verrichteten Job als Vorkoster klagt *spex* bei den Nutznießern von der Industrie eine kleine Gewinnbeteiligung ein und bettelt um Belohnung für geleistete Dien-

ste: Schaltet doch bittebitte eine Anzeige! Es soll euer Schade nicht sein! Wir hätten auch Kompetenzen!
So finden, wie das bei Familie Sektenblatt Usus ist, auch bei *spex* die aktiven wie die passiven Vertreter des autoritären Charakters fein zueinander: Redakteure und Schreiber, die gerne Geschmacks- und Gesinnungschefs wären, und Leser, die genau solche Denkchefs brauchen, denen sie gemeinsam – und doch jeder ganz individuell für sich! – exakt dasselbe super unabhängige Zeug nachquasseln können. So kuschelig kann das Abweichen vom Mainstream sein. Und damit das auch so bleibt, bekam *spex* 1998 einen neuen Chefredakteur: Dietmar Dath.

Kanak Sprak und Feri ultra

»Im Tratschteil der *Woche* gibt es regelmäßig einen Fragebogen. Der Kandidat wird unter anderem gefragt: ›Wie würden Sie einem Blinden Ihr Äußeres beschreiben?‹ Eine Antwort könnte lauten: ›In der Syntax streift die gegenwärtige Zeit mit einem kurzen Knirschen die Zeitlosigkeit des gegenwärtigen Diskurses. Es scheint daher keinen Widerstand zu geben beim Sprung von einer Zeitscholle zur nächsten.‹ Die Antwort des Blinden wäre: ›Dann müssen Sie Klaus Hartung sein.‹«
(aus: Eike Geisel, »Triumph des guten Willens«)

Der natürliche Feind der Sprache ist der Journalist. Wo Familie Lall & Quall hinschreibt, läuft Paul Celan die schwarze Milch über. Was diese Leute für Wörter können: »Bertis Buben« schreiben sie, millionenmal »Bertis Buben«, immer wieder, bis zur letzten Sekunde: »Bertis Buben«, und sie kommen sich noch kritisch dabei vor oder sogar komisch.

Sind sie älter geworden und haben es in einem der größeren Gemeindebriefe des Landes zum Rang des Oberbauchredners gebracht, sprechen sie auch gern einmal von sich. Natürlich nicht einfach so, sondern schon etwas bedeutsamer: Unter »Ich persönlich« tun sie's nicht, denn wo kein Ich ist, muß es wenigstens persönlich sein. Gern angewandt wird auch die Methode Biolek: Der kopfmäßige Brei wird auf Stelzen serviert. Anstatt also beispielsweise zu sagen, »Ich esse gerne Wurstbrot«, heißt es dann: »Ich persönlich bin ja ein Mensch, der gerne Wurstbrote ißt«, damit dann gar nichts mehr stimmt, am allerwenigsten das mit dem Menschen.

Sind die Schwatzköpfe noch etwas jünger und fühlen sich also fetziger, können sie auch Sachen sagen wie »Event« oder »Location«; das Zeug hat den Vorteil, daß es sich bewußtlos von selbst wegbrabbelt, seinem Sprecher aber das wohltuende Gefühl vermittelt, besonders wichtig aufzutreten, während es dem unfreiwilligen Zuhörer die Identifizierung des Gegenübers erleichtert. Er weiß, daß er einen vom Stamm der Sabbler vor sich hat und kann sich hilfesuchend ans Personal wenden: »Kellner, zwei frische Ohren bitte, die alten sind voll.«

Sehr geübt im Ausgießen von Stanzen sind auch junge Menschen, die sich moderner Musik verschrieben haben und so ziemlich alles »phatt« finden, beziehungsweise »voll phatt« oder auch ein »phattes Brett«, das notorische »Ey Allter isch sag dir ey« dabei ebenso im Gepäck wie die entsprechende Jungmänner-Gestik, die sagen will: Ich habe zwar von nichts eine Ahnung, aber das stochere ich mit den Fingern in euch hinein.

Bei diesen Grenzdebilen direkt ums Eck lugt der Kieler Salontürke Feridun Zaimoglu, dessen »Kanak Sprak«, wie er sein sprachliches Kurzwarenangebot getauft hat, das Bedürfnis des Kulturbetriebs nach Exotik vollkommen widerstandslos befriedigt. Als eine Art Malcolm XY ungelöst tingelt er durchs Land, euphemisiert sich als »alipoet«, nennt Leute, die sich's gefallen lassen, »brother« und ist in toto ein wunderbar nachgemachter Ghetto-Darsteller featuring Fotzenbart und Siegelring, alles dran, tipptopp, und während er an der virtuellen brennenden Mülltonne lehnt, teilt er dem Feuilleton mit: Kanak Sprak is sswere Sprak. Freunde, so liest man, nennen ihn Feri. Warum eigentlich nicht Feri ultra?

Zur Psychopathologie des Zwischenchefs

»Wir haben uns gefragt: Warum wird jemand Chef? Was sind das für Leute, die so etwas Unangenehmes freiwillig auf sich nehmen? Wie sind sie beschaffen? Was drängt sie? Ist es die retrospektiv geprägte Illusion, als Autokrat die Zügel in der Hand zu halten? Der naiv-hybride Wunsch, die Welt zum Opfer von Wille & Vorstellung machen zu können? Die Hoffnung auf ein Leben nach Gutsherrenart also? Oder nicht doch die Sehnsucht, sich zum Vollhorst zu machen, sich bis auf die Knochen zu blamieren?«

Mit diesen Fragen eröffnen Ewald Frostig und Oswald Gifter das Vorwort zu ihrem soeben erschienenen Buch »Der Majestix-Komplex. Zur Psychopathologie des Zwischenchefs«.*

Den Untertitel ihrer Abhandlung erklären die beiden Wissenschaftsautoren so: »Am meisten hat uns gewundert, wie statisch und stumpf heute noch am Bild des Chefs festgehalten wird, obwohl doch jedem klar sein müßte, daß es den so längst nicht mehr gibt. Deshalb haben wir den Begriff Zwischenchef gewählt. Er scheint uns passend für das Gros derer, die sich als Entscheidungsträger zwar gebärden, aber ganz genau wissen, wem sie Rechenschaft schulden.«

Der Typus des Zwischenchefs finde sich besonders gern in der Zeitungsbranche, berichten Frostig und Gifter, die Wert darauf legen, »keine Journalisten« zu sein, sondern »bloß Leute, die ab und zu für Zeitungen schreiben«. Ihr Resümee fällt entsprechend aus: »Chefredakteur kann nur werden, wer

* Frostig, Ewald & Gifter, Oswald: »Der Majestix-Komplex. Zur Psychopathologie des Zwischenchefs«, Springer Verlag Berlin/Heidelberg/New York, 264 S., 45,– DM

bewiesen hat, daß er es garantiert nicht kann. Oder doch wenigstens - auch Versager müssen oft klein anfangen - alle Voraussetzungen mitbringt, um das in kürzester Zeit beweisen zu können.« Die Gefahr, mit solchen Thesen längst sperrangelweit offene Türen einzurennen, ist den Wissenschaftlern bewußt. »Daß bei *Spiegel, stern, Woche, SZ, FR, taz* usw. außer Wahn nichts zu erwarten ist, liegt auf der Hand. Deshalb haben wir uns besonders intensiv in Ostdeutschland umgeguckt.«

Auch dort wurden sie fündig: »Das PDS-Parteiblatt *Neues Deutschland* setzt neue Standards: Jürgen Reents, Pressesprecher und Mund des Parteivorsitzenden Gysi, wurde in exakt dieser Eigenschaft Chefredakteur des *ND* - dessen vorheriger Chefredakteur Reiner Oschmann umgekehrt zum Pressesprecher von Gysi wurde. Und im Anti-*ND*-Blatt *junge Welt* ist es Chefredakteur Holger Becker nicht peinlich, im Sportteil des als seins ganz alleins empfundenen Blattes despektierliche Bemerkungen über den Ost-Fußballclub Hansa Rostock ganz persönlich zu entfernen.«

»Was Unsouveränität und Erbärmlichkeit angeht«, schreiben Frostig und Gifter im Schlußkapitel, »haben die ostdeutschen Zwischenchefs längst aufgeholt. Falls sie das überhaupt nötig hatten.« Einsichtige Chefdelinquenten fanden die Autoren nicht im Leben vor, dafür aber in der von ihnen ohnehin geschätzten Populärkultur. Im Comic »Asterix und die Goten« schluchzt ein völlig frustrierter General Strategus: »Sie sind alle so dumm, und ich bin ihr Chef!«

»Über die Vieldeutigkeit dieses Satzes«, empfehlen Frostig und Gifter, »könnten die Chefs und Zwischenchefs aller Couleur ganz wunderbar nachdenken. Wenn sie dazu in der Lage wären.«

Nähe zulassen

Ein Männergruppensong

Lernen loszulassen
Lernen loszulassen

Einfach nur ich selbst sein
Seele baumeln lassen
Leben aus dem Bauch raus
Lernen sich zu öffnen
Trauerarbeit leisten
Sich einfach fallenlassen
An sich selber glauben
Zu seinen Ängsten stehen
Jede volle Stunde
Finger in die Wunde

Aua Aua Aua
Heulen gibt mir Power
Aua Aua Aua
Heulen gibt mir Power

Weinen, bis Blut kommt
Weinen, bis Blut kommt
Weinen, bis Blut kommt
Weinen, weinen

Lernen loszulassen
Lernen loszulassen

Dinge aufarbeiten
Sieben Brücken bauen
Trennung überwinden
Neue Wege finden
Nichts tabuisieren
Gefühle investieren
Frauen nicht mehr klammern
In der Gruppe jammern
Männergruppe gründen
Gründe dafür finden

Aua Aua Aua
Heulen gibt mir Power
Aua Aua Aua
Heulen gibt mir Power

Weinen, bis Blut kommt
Weinen, bis Blut kommt
Weinen, bis Blut kommt
Weinen, weinen

Weinen, weinen

Gemeinsam mit Ekkehard Busch, Adalbert Dziuk und Kai Struwe

Die Sehnsucht des Korrumpels

Wie man plaudert, ohne etwas zu erzählen: »Das Magazin« von Hellmuth Karasek

Etwa zwölf Stunden veritabler Lebenszeit muß man hergeben, bis man Hellmuth Karaseks 429 Seiten langes Buch »Das Magazin« durchgelesen hat. Das ist keine schöne Arbeit: Durch viel Brei muß man hindurch, und am Ende hat man, außer reichlich Langeweile, nichts gewonnen. Denn Karasek, über zwanzig Jahre Angestellter beim *Spiegel* und heute eine Art Frühstücksdirektor beim Berliner *Tagesspiegel*, hatte zwar die Ambition, einen Schlüsselroman über den *Spiegel* und die *Spiegel*-Leute zu schreiben. Andererseits aber ist er genau der Adabei-Journalist, als den man ihn kennt, und der möchte er auch bleiben. Und so erzählt Karasek zwar äußerst weitschweifig allerlei Dönnekes aus der Welt der Blattmacherei, aber vorsichtshalber doch lieber nichts, das nicht schon bekannt wäre.

Verschwiemelt und bedeutungshubernd geht das los: »Jeder Zufall ist ähnlich. Jede Ähnlichkeit ist rein«, fängt Karasek noch vor dem Inhaltsverzeichnis das Dichten an, und diese unerwiderte Liebe zum Bonmot und zur Sottise zieht sich penetrant durch das ganze Buch. Fast könnte der Mann einem leid tun: So groß ist sein Ehrgeiz, und so gering sind seine Mittel. Wie gerne würde er, lässig und en passant, Weisheiten über die Menschen und über das Leben im allgemeinen und über Männer und Frauen im besonderen von sich geben. Ein schöner Anspruch; allein, bei Karasek reicht's nur zur Phrase: »Männerfreundschaft geht seltsame Wege«, heißt es dann, »Macht macht einsam« oder »Macht isoliert«.

Verläßt Karasek das Terrain vorgestanzter Sätze wie »Anna war eine spontane Frau, und die Welt war jung, damals«, schreibt er Talmi: »Da lag seine Krawatte, halb Schlange, halb Schlinge«. Erotisch schreiben können möchte er auch. Das klingt dann so: »Sein Glied versteifte sich.« Und Psychologe ist Karasek ebenfalls: »Er hatte ein verunsichertes Selbstgefühl, das ängstlich gegen die Wände seines selbsterrichteten Nomadenzelts sprang, um dann, aus Furcht, um sich zu beißen«, schreibt er über einen Chefredakteur. Man kennt das: Wenn Selbstgefühle erst anfangen, Nomadenzelte zu errichten, kommt meist jede Hilfe zu spät.
So ist es nahezu egal, worüber Karasek schreibt, denn so, wie er schreibt, macht er alles gleich: In seinen Händen wird die Welt zu Soße: »Sie schwammen im Zeitgeist wie Sardinen in Öl, und das ›Magazin‹ gehörte zum Zeitgeist wie das Öl zur Sardine.«
Die schönsten Themen kriegt Karasek zuschanden mit seinem Parlando: Der Frauenausspanner Rudolf Augstein, die Barschel/Engholm-Affäre, die hysterische Aids-Kampagne des *Spiegel*, all das säuft ab in Karaseks Geschwätz, denn so sehr der Mann auch sticheln möchte, so wenig will er es sich verderben mit Leuten, die ihm vielleicht noch nützen oder schaden könnten. Ich durchschaue die Menschen, zwinkert Karasek seinen Lesern vertraulich zu, aber keine Angst: Ich bin selbst auch nur ein Mensch und verstehe alles. »Als gäbe es Freundschaft, mindestens Kumpanei auf der Welt«, heißt es einmal - sein Bedürfnis, dazuzugehören und dabeizusein, hat Karasek immerhin befriedigen können. Weshalb es auch ganz und gar rätselhaft bleibt, warum er sich und seinen Figuren überhaupt andere Namen gegeben hat - was Karasek zu erzählen hat, ist - inhaltistisch und literarisch - ganz unanstößig und von dem, was zum Beispiel Christian Schultz-Gerstein und Jörg Schröder über Augstein und andere Figuren des Kulturbetriebs schrieben, Lichtjahre entfernt.

Folglich muß Karasek das bißchen, das er hat, gewaltig aufpumpen: Ständig ist, wenn es um das »Magazin« geht, von blutrünstigen Dingen die Rede: Redakteure sind »wie eine aus dem Käfig losgelassene Horde hungriger Raubtiere«, die nach »darwinistischem Prinzip« übereinander herfallen; es wimmelt von »Löwen«, »Tigern« und immer wieder »Wölfen«, die »in Rudeln« auftreten, und wenn Karasek nicht die Raubtiermetapher zu Tode quält, zeichnet er das Redakteursdasein als Shakespearesches Drama oder verfällt dem Cäsarenwahn: »Morituri te salutant!« heißt es wieder und wieder, gleichermaßen zwanghaft wie kraftlos.

So stilisiert man seine Angestelltenexistenz zur wilden, wilden Welt, und was einst Konferenzsaal-Löwe war, erscheint als Held. Wolf unter Wölfen möchte er sein, der Karasek, und ist doch bloß ein Schmock unter Schmöcken.

Das Schwanzbuch des Kommunismus

»Es ist unser und mein dunkelstes Kapitel, ich weiß oder ahne es besser nur, weil ich da selber wahnsinnig Angst vor bestimmten Sachen in mir habe. Bartsch und Honka sind Extremfälle, aber irgendwo hängt das als Typ in mir drin.« Das schrieb Joschka Fischer 1977 über sich und seine Rolle als revolutionärer Straßenkämpfer in Frankfurt, in einem von Thomas Schmid herausgegebenen Klassenkampfheftchen namens *Autonomie*. Und setzte noch eins drauf: »Stalin war so ein Typ wie wir, nicht nur, daß er sich als Revolutionär verstanden und gelebt hat, sondern er war im wahrsten Sinne des Wortes auch ein Typ!«

Stalin, ein Fall für die Männergruppen-Therapie? Hielte man sich an Fischers damals opportunen zerknirschten Herrenfeminismus, nach dem alles Böse auf Erden vom Manne und seiner angeborenen Täterrolle stamme, das »Schwarzbuch des Kommunismus« müßte »Schwanzbuch des Kommunismus« heißen. Denn auch Stalin war ja zuallererst Schwanzträger – und Hitler wäre, wie im »Schwarzbuch«, fein raus und rehabilitiert: Der Eineiige interessierte sich schließlich nicht fürs Untenrum und hätte, so gesehen, 1977 als Traummann des Feminismus gelten müssen.

Die Kenntnis des hübschen Fischer-Zitats verdanke ich dem ehemaligen *Titanic*-Kollegen Christian Schmidt. Der hat ein Buch geschrieben, das nach einem weiteren Zitat von Fischer heißt: »›Wir sind die Wahnsinnigen ...‹ – Joschka Fischer und seine Frankfurter Gang«, in dem der politische Blablaismus von Fischer und seinen Freunden Daniel Cohn-Bendit, Tom Koenigs, Thomas Schmid und anderen auf mehr als 300 Seiten minutiös bis manisch ausgebreitet wird: 25 Jahre Opportunismus de luxe, zusammengefaßt im Hausbuch einer etwas anderen Frankfurter Schule.

Christian Schmidt hat eine Menge lustiges Material zusammengetragen; Thomas Schmid zum Beispiel, später bei der *Hamburger Morgenpost* und noch später bei der *Welt* gelandet, zitiert er mit selbstgedrechseltem *Autonomie*-Kitsch über die Toten von Stammheim: »Drei erlöschen nach innen – aber es strahlt nach außen. Noch ihr Tod ein Sprengsatz. Es war ihr Tod. Und es war ein Sieg.« Der Musketier aber, der ihn errang, hieß Pathos.

Auch das Zitat von Barbara Köster, der langjährigen Lebensgefährtin Cohn-Bendits, bringt das Gebaren der Sponti-Cliqueure um Fischer auf den Punkt: »Sie machen das bei den Grünen, was sie immer gemacht haben: Es entsteht was, sie müssen den Fuß reinkriegen und dann müssen sie's übernehmen, und dann ist es kaputt, weil es keinen Inhalt mehr hat.« So wurde aus den Grünen eine Art FDP für Zahnärzte mit schlechtem Gewissen, die zum Ausgleich für den Daimler in der Garage alle vier Jahre nett wählen gehen möchten.

Schade nur, daß Christian Schmidt, ehemals Mitglied der Liga gegen den Impressionismus, ohne Distanz zum Thema schreibt, sondern aus dem stets spürbaren Wunsch heraus, die erfolgreichere Konkurrenz wenigstens nachträglich und wenigstens moralisch zur Strecke zu bringen. Der – ganz ernsthaft erhobene – Vorwurf an Joschka Fischer, er habe in den 70er Jahren von systematischem Bücherdiebstahl gelebt, bei Demonstrationen möglicherweise Polizisten verletzt und habe das später, im Verlauf seiner legalen Karriere, nicht von sich aus an die große Glocke gehängt, hat einen seltsam gesetzeshüterischen Klang. Und dem berufsmäßigen Blindlaberer Cohn-Bendit ausgerechnet anzukreiden, er habe an der grünen Basis nicht »fleißig mitarbeiten«, sondern nur »selbst im Mittelpunkt stehen« wollen, wirkt kindergartenpsychologisch und kleinlich. So offenbart Christian Schmidts Buch nicht nur die Mischung aus Irrsinn, Intrigantentum und Karrierismus, die Fischer und seine Frankfurter Seilschaft antrieb und -treibt, sondern eben auch Christian Schmidts Perspektive: den inferioren Blickwinkel des Verlierers.

Der *Spiegel*, war zu erfahren, habe lange über den Druckfahnen gebrütet und sogar einen Vorabdruck erwogen. Das klingt nicht sehr wahrscheinlich, ist doch Joschka Fischer, genauso wie auch Gerhard Schröder und Johannes B. Kerner, beim *Spiegel* per Chefredakteursdekret sakrosankt. So erschien im *Spiegel* auch kein Vorabdruck, sondern ein Verriß, eine nahezu anwaltliche Verteidigungsschrift für Joschka Fischer. Der - namentlich nicht genannte - Autor langt darin kräftig zu, nennt Schmidt »verbittert« und »hämisch«, bescheinigt ihm »Neid«, »Eifersucht« und »denunziatorischen Impuls«, steigert sich in seinen Anwürfen zu »steindummem Unflat« und zu »Petz-Prosa« und spottet: »Der ordentliche deutsche Linke bleibt auf seinem Standpunkt, bis ›Essen auf Rädern‹ kommt.«

Nicht alles daran ist ganz falsch; interessant ist aber, *wer* da so gewaltig für Fischer und seine Leute in die Bresche springt. Und siehe, die Nachfrage beim *Spiegel* ergibt: Einer der beiden Autoren des Textes heißt Reinhard Mohr, ist ein ehemaliger Frankfurter Sponti und noch heute, wenn auch auf der anderen Straßenseite, derselbe Gesinnungspolizist wie einst. Erst 14 Tage zuvor hatte Mohr im *Spiegel* über Gegner von Bundeswehrgelöbnissen geschrieben: »Dieselben Linken, die nichts dabei finden, daß der grüne Vorstandssprecher Trittin die Bundeswehr kurzerhand in die verbrecherische Tradition von Hitlers Wehrmacht stellt, entsichern ihre geistigen Handfeuerwaffen« - als sei es Trittins Schuld, daß die Bundeswehr ihre Kasernen nach Wehrmachtsgeneralen benennt, entsprechende Traditionspflege betreibt und turnusmäßig durch Nazi-Aktivitäten von sich reden macht.

Mohr, ein paar Jahre jünger als seine großen Frankfurter

Freunde, ist eine Art assoziiertes Nachwuchs-Anhängsel der Fischer-Gang und, anthropologisch gesprochen, zwischen den Alpha- und Beta-Häuptlingen eher ein Gamma-Männchen.
Beim Kumpeldienst hat der in der Frankfurter Hierarchie ziemlich unten einsortierte Mohr aber auch sich selbst nicht vergessen wollen: »Die beißendste Kritik«, schreibt Mohr als Schlußpointe gegen Schmidts Buch, »kam stets aus den eigenen Reihen - Matthias Beltz macht bis heute bestes Kabarett daraus.« Da wird es dann sehr armselig. Denn Co-Autor für Beltz und sein »bis heute bestes Kabarett« war auch schon - einmal dürfen Sie raten - Reinhard Mohr.

Durchs wilde Schurkistan

In Daniel Cohn-Bendit ist die Blähung Mensch geworden, Mensch im Sinne von Medium: Cohn-Bendit ist ein Zombie, ein Untoter, der zum Leben erst erwacht im Klack-Klack der Fotoapparate. Ohne äußere Aufmerksamkeit existiert Cohn-Bendit gar nicht. Sein Verstand ist schwach, sein Geist ist wirr, aber er hat Instinkt: Ganz zeitgemäß begabter Politiker, versteht er es, sein Gesicht zur rechten Zeit am rechten Ort in die rechten Kameras zu halten.

Entsprechend groß war die Freude des simpel strukturierten und ambitionierten Mannes, als er zwischen Deutschen und Kurden vermitteln durfte. Extra von Paris hatte man ihn nach Frankfurt eingeflogen. Beinahe hätte er, wie er da schier platzte vor Kleinejungenstolz auf sich selbst, etwas Anrührendes an sich gehabt, aber dann machte er den Mund auf. Den Kurden, die bei freiem Geleit abziehen durften, strich er über den Kopf, und sein Gesichtsausdruck sagte: Ich, der kleine schlichte König, habe wieder alles richtig gemacht.

Spätestens als Cohn-Bendit auftauchte als Nebenfigur in der Affäre Öcalan, wußte man: Jetzt schlägt die Stunde der Schmierlappen aus Schurkistan. Einige waren schon vorher da: Öcalan selbst, der krude Kurde mit dem an Saddam Hussein gemahnenden Air eines gutgelaunt Todesurteile unterschreibenden und dabei grinsenden Herrenfriseurs; der nicht minder ölige türkische Ministerpräsident Ecevit, der sich bei seinem Schauprozeß gegen Öcalan internationale Beobachter ebenso verbittet wie den Hinweis auf jedwedes Menschenrecht; vermummte türkische Sicherheitskräfte, die im Flugzeug den gefangenen Öcalan filmen, wie er ihnen ausgeliefert ist und die sich triumphierend gegenseitig abklatschen; türkische Frauen, die Alice Schwarzers Forderung nach mehr Frauenrechten für mehr rechte Frauen in die Tat umsetzen, indem sie eine auf die Straße geworfene Öcalan-Puppe zertrampeln, und Kurden mit Hang zu medienorientierter Selbstanzündung. Der private Freitod mag eine respekteinflößende Sache sein; für Menschen, die sich, wie einst der Zonenpfarrer Brüsewitz, öffentlich selbstverbrennen wollen, habe ich nichts übrig, nicht einmal zehn Pfennig für Streichhölzer.

Den unangenehmsten Part in dieser deprimierenden Angelegenheit aber beanspruchen die Deutschen für sich. Mehrere Kurden werden in Berlin erschossen, als sie versuchen, in das israelische Konsulat einzudringen. Die wahren Opfer, die eigentlich Leidtragenden jedoch, wie hätte es anders sein können, sind die Deutschen. Sie benehmen sich, wie wenn sie gerade wieder einen Ausländer totgeschlagen haben: Sie zerfließen vor aggressivem Selbstmitleid. Und singen nach, was Edmund Stoiber, Peter Boenisch und Horst Mahler in ihrer jeweiligen Diktion vorwegdeklamieren: Deutschland den Deutschen, Ausländer raus! Während Gerhard Schröder und Otto Schily ergänzen: Aber nur streng rechtsstaatlich!

Der Wunsch, die vielbeschworene kurdische Kultur, die vor allem aus Jodeln in Pluderhosen besteht, nachhaltig zu unterdrücken, ist aus ästhetischen Gründen verständlich; nicht das geringste Recht dazu allerdings haben die deutschen und türkischen Nationalisten mit ihrer Wagenwasch- und Hitlergrüßkultur.

Wissenswertes über den Albaner

Der Albaner, altfränkisch auch Albanerer, ist medial stark ins Hintertreffen geraten. Speziell der Kosovo-Albaner gilt als Mädchenhändler, Messerstecher und Hütchenspieler. Eine kurze Aufwertung seines öffentlichen Ansehens erfuhr er im Frühjahr 1999, als er emotional gegen den Serben in Stellung gebracht wurde. Im Krieg mutierte er vom *natural born Bösbock* zum Europameister im Flüchtlingstrekking und existierte quasi nur noch im Aggregatzustand Frau und Kind.
Aber das neue Tränenreich zerfiel rasch. »Aus der Krieg und aus die Maus, der Albaner geht nach Haus«, singt Innenminister Otto Schily am anthroposophischen Lagerfeuer. »Albaner, bist ein Stinkemann, auf den ich gut verzichten kann.« So fies können ehemalige Grüne sein.
Immer wieder schön gemein dagegen ist der Film »Julia und ihre Liebhaber« von John Amiel, nach dem Roman »Tante Julia und der Kunstschreiber« von Mario Vargas Llosa. Peter Falk spielt den Schriftsteller Pedro Carmichael, der Seifenopern fürs Radio schreibt - hinreißend schmierige Groschenstücke voller aufgetakelter Leidenschaft, hemmungslos kitschig und trivial. Damit ihm der Stoff nicht ausgeht, sorgt er für das, was er »Einfluß der Realität« nennt. Als sich der 21jährige Radioredakteur Martin in seine 35jährige Tante Julia verliebt, schürt Carmichael das Feuer und hetzt die beiden mit allen Mitteln der Intrige in eine skandalträchtige Liebesgeschichte - die ihm wiederum als Vorlage seiner Radioschmonzetten dient.
Die tragende Rolle der Watschenmänner kommt dabei den Albanern zu. Von »hartbrüstigen albanischen Melkerinnen« ist die Rede, von »tierischen sexuellen Gepflogenheiten« und

vom »Brauch, für die natürlichen Bedürfnisse einen Eimer zu benutzen, der sich im selben Raum befindet, in dem sie essen und schlafen«.

Während albanische Gruppen auf der Straße protestieren, legt Carmichael nach: »Du fährst wie ein einarmiger Albaner mit Filzläusen!« Auch der Dialog zwischen den Liebenden dreht ab: »Ich wäre lieber ein albanischer Ziegenhändler, als dich zu verlassen!« - »Nein! Es ist abscheulich! Es ist unnatürlich! Es ist inzestuös! Es ist total albanisch!«

Die Albaner, die auch »die Brust kriegen, bis sie zehn sind«, finden das gar nicht lustig und drohen, den Sender in die Luft zu sprengen - was Carmichael zu einem grandiosen Finale inspiriert: »Entschuldigen Sie, Sir. Ein Albaner ist da draußen. Er macht etwas Unnatürliches mit Ihrem deutschen Schäferhund.« - »Gütiger Gott, Mann, was treiben Sie denn da mit meinem Hund?« (man hört winselnde Geräusche) »Oh, Entschuldigung, Officer. Ich habe Ihren schönen, starken Schäferhund gesehen. Und ich habe übermächtiges Verlangen. Ich mag Tiere nun mal. Alle Tiere mag ich. Hund, Schwein, Ziege. Sogar Hühner. Ich liebe kleine, flauschige Hühner.« - »Guter Gott im Himmel, Mann. Das ist keine Entschuldigung. Welchen Grund haben Sie für Ihr abscheuliches Verhalten?« - »Ist einfache Erklärung, Sir. Ist alter albanischer Brauch. Wir lieben Tiere auf diese Weise.« Und dann brennt der Sender.

Warum er das schreibt, erklärt Carmichael so: »Jeder Mensch muß etwas haben, das er hassen kann. Haß brennt. Haß brennt wie Liebe.« Und auf die Frage »Aber wieso die Albaner?« gibt er die einzig plausible Antwort: »Wieso nicht?«

Ganz Wien träumt von Formalin

Aus der Serie: Nato, übernehmen Sie!

Wenn wir die Nato richtig verstanden haben, darf man alles bombardieren, was einem irgendwie nicht paßt. In unserer Serie »Nato, übernehmen Sie!« präsentieren wir Kriegsziele, die wir uns schon immer gewünscht haben.

Wer Gefallen daran hat, sich wehtun zu lassen, und zwar richtig, also mit Messern, Gabeln und Eiswürfelzangen, mit elektrischen Schraubenziehern, Kreissägen und Haushaltsmixern, mit Füllfederhaltern und Rouladenpiekern, mit Scheuerpulver, Wäscheklammern und Erlenmeyerkolben aus dem Bauhaus-S/M-Equipment, der reist am besten nach Wien. Denn Wien ist eine Dampframme ins Gesicht jedes freundlich fühlenden Menschen.

Soviel Fieses wie Wien war nie. Bereits 1980 faßte Bernd Eilert ganz Österreich in einem einzigen schönen Satz gültig zusammen: »Schade, daß man dieses kotelettförmige Land nicht in der Pfanne braten und aufessen kann.« Der Beitrag Österreichs zur Weltkultur heißt im wesentlichen Hitler-Heller-Haider-Walzer, und dann gibt es noch das Urabbild des Österreichers: Leopold von Sacher-Masoch, nach dem die Herrentorte ebenso benannt ist wie das Versessensein auf Herrenhiebe.

Das wirklich Böse an Wien ist das Wienerische. Zwar gibt es nicht wenige Dialekte deutscher Zunge, die Verzweiflung, Sodbrennen und Suizidgelüste verursachen können: Vogtländisch etwa, Chemnitzer Sächsisch, Tübinger Schwäbisch und Stadtrandberlinisch. Das Wienerische aber, gern besonders abstoßend auch Weanerisch genannt, hat etwas von schwerer Körperverletzung. Und das mit voller Absicht.

»Geh scheyssn! Am Heyssl!« attert es aus dem Wiener heraus, und immer schwingt etwas untergründig Drohendes mit: geducktes Knurren der geprügelten Kreatur. Diese in Servilität eingewickelte Aggression hält der Wiener für Charmanz und nennt sie Schmäh.

Wer noch stärkerer Argumente zur Ächtung dieses Landstrichs und seiner Bewohner bedarf, der höre: Männliche Österreicher haben für die Brüste von Frauen nicht nur das Wort »Duttn« oder »Dutteln« ausgeheckt, sondern noch eines, für das man sie in die Steinzeit zurückbomben wollte, wären sie dort nicht immer schon: »G'spaßlaberln«. Müßte es in Zeiten moralisch gespreizter Kriegführung nicht möglich sein, Schurken, in denen das Wort »G'spaßlaberln« wohnt, in Den Haag anzuzeigen und von der Nato unter freundliches Feuer nehmen zu lassen? Noch pennt der Menschenrechtler. Aber nicht mehr lange.

Bis es soweit ist, kann man schon mal selbst etwas tun. Wie Jörg Schröder, der – so berichtet er in »Schlechtenwegen«, der 37. Folge von »Schröder erzählt« – in Wien »den Burgschauspieler Klaus Maria Brandauer niederschlug – na, eher niederstieß. (...) Der besoffene Brandauer pöbelte Hildegart Baumgart an: ›No, für dein Alter hast noch fesche Duttn‹ und langte ihr dabei an die Brust. Worauf ich reflexartig – als Ritter ohne Furcht und Tadel – dem Mimen einen Schubs vor die Brust gab. Er flog ins zusammengestellte Schanigartengestühl vor dem ›Hawelka‹, rappelte sich mit Hilfe seiner Frau auf und verschwand hinkend mit ihr, ohne noch mal das Maul aufgemacht zu haben.«

Der als Pornokönig geschmähte Schröder als Held in schimmernder Rüstung, unterwegs im Dienste der weiblichen Ehre – ist es nicht zu schön? Zumal Schröder gleich anschließend erzählt, wie er sich in den »Casanova«-Club trollt, dort eine finnische Hure trifft, mit der er sich die Nacht um die Ohren schläft und frühmorgens mit ihr »ins Hotel segelt«. Das ist

doch mal ein Ritter der Tafelrunde und kein jämmerlicher Parzival! (Parzival war übrigens Wiener, was sonst.)
Einmal allerdings habe ich in Wien erlebt, wozu das Wienerische tatsächlich taugt: Es ist die Sprache der Hinrichtung – Nato-Sprache quasi. Im Österreichischen Rundfunk interviewte ein scheint's freundlich weanernder Mann die mehr durch ständige Medienpräsenz als durch Schauspielkunst aufgefallene deutsche Schauspielerin Veronica Ferres, die zum x-ten Mal erzählte, sie käme vom Land und hülfe, wann immer sie zu Hause sei, bei der Kartoffelernte mit – als sei das ganze Jahr Kartoffelernte. Der ORF-Mann reagierte darauf mit einem Enthusiasmus, der tödlicher war, als offene Kritik es sein könnte: »Eine Kartoffel aus den Händen von Veronica Ferres!« jubilierte er und ließ das Beil fallen: »Welcher Cineast gäbe dafür nicht seinen linken Arm!« Das ist Wien: Sogar der Tod betuppt dich noch und tut freundlich, wenn er kommt. Ist man aber so schlicht wie Veronica Ferres, bemerkt man nicht, daß man gerade von Freund Hein mitgenommen wurde, und macht munter weiter. Und fällt damit gar nicht auf in Wien, der wächsernen Stadt, die noch mit Morbidität kokettiert, obwohl sie längst den Rigor mortis hat. Oder, frei nach den Worten eines besonders toten Wieners: Ganz Wien träumt von Formalin.
Alsdann, Nato: Gib dem Wiener, was er will. Den Tod. In der Landessprache gesagt: Komm scheyssen, Nato! Hier, in Wean, am Heyssl!

Bizarre Welt der Antisemiten

Er war einer dieser Männer, die gegen einen Schnäuzer nur einzuwenden haben, daß man sich nicht gleich drei davon ins Gesicht stecken kann. Langsam schob er sich in die Kneipe, robbenbärtig wie der frühe Biermann und gewichtig wie der späte. Er stellte sich an den Tresen, stattlich bis in die Tränensäcke. Präsidial hob er eine schnitzelgroße, beringte Hand und orderte ein Glas Weißwein. Ich wandte mich wieder meinem Getränk zu, das weit erfreulicher war als der Theken-Neuzugang, der sich zügig wieder ins Spiel brachte: »Was kostät Wein?« hob er die Stimme. »Acht Makk fummzik? Ist das hierr Juddnlokall?«

Ich zuckte zusammen, war mir aber nicht ganz sicher, ob ich richtig gehört hatte. Ich hatte. »Ist das hierr Juddnlokall?« schnappte er nochmals, hob diverse Kinne und sah sich herausfordernd um, bis sein Blick sein Ziel erreicht hatte: den Mann hinterm Tresen. Der sah ihn aus harten Augen an, sagte aber nichts, schüttelte nur kaum merklich seinen gewaltigen Kopf, der die Form eines hochkant gestellten Fernsehapparates hatte.

Wirte streiten nicht mit ihren Gästen. Sie haben, wenn sie in ihrem Beruf etwas taugen, die Bedeutung des Wortes Langmut gelernt: Solange es geht, hält man den Schnabel und denkt sich sein Teil. Wäre das anders, gäbe es keine Gastwirtschaften. Der Wirt ignorierte die Provokation und drehte sich weg.

Es nützte gar nichts. »Ich binn aus Pollänn!« deklamierte der Mann vor dem Tresen. »Wirr Pollänn chabän so gelittän – untärr die Russänn, untärr die Deutschänn, und am meisten untärr die Juddn! Und das, wo so viellä Pollänn chabän gärättät Juddn! Jätzt wirr ändlich wollän Frraihait fürr Pollänn!«

War es nicht faszinierend? Hier wurde eingelöst, was Martin Walser forderte: Jeder gedachte der ermordeten Juden auf seine eigene, ganz private Weise – so wie dieser Mann am Tresen, dessen einziger Daseinszweck es schien, den Verdacht zu nähren, daß in einem polnischen Freiheitskämpfer immer auch ein katholischer Antisemit stecke. Und obwohl dieser Schnäuzerpole den berufsdeutschen Schlußstricher Martin Walser wahrscheinlich weder gelesen hatte noch ihn auch nur dem Namen nach kannte, war er dessen williger Vollstrecker und füllte auch den etwas vage gewordenen Begriff der deutsch-polnischen Zusammenarbeit mit neuem Leben.

War er deshalb ein Antisemit? Niemals – genausowenig, wie Martin Walser ein Antisemit ist, wenn er auch Ignatz Bubis abkanzelte, er habe sich schon mit Auschwitz beschäftigt, als Bubis noch in Auschwitz gesessen habe. Denn wer beteuert, kein Antisemit zu sein, der ist auch keiner. So ist das, so schreiben es die älteren Literaturredakteure, die auf der Alte-Säcke-Ebene mit Walser verbandelt sind, und die jüngeren, denen das Leugnen der Wirklichkeit spätestens seit Ausrufung der Berliner Republik zum ganz persönlichen Anliegen geworden ist.

Der Wirt hatte mit Literatur nichts zu tun – der Wirt hatte genug. »Der Wein ist umsonst, und du verschwindest. Sofort!« sagte er, nahm das Glas von der Theke und leerte es über der Spüle. Der Pole mumpfelte noch ein bißchen herum, trollte sich aber dann. Als er in der Tür war, rief ihm der Wirt hinterher: »Wir sind hier ja schließlich nicht in Israel!«

Da ging dann auch ich, um eine letzte Illusion erleichtert, und gab mir ein paar Häuser weiter den Rest.

Halali der Herrenmännchen

Warum das *FAZ-Magazin* weiterleben muß

»Niemand ist eine Insel«, wußte der deutsche Dichter Johannes Mario Simmel. *Spiegel*-Redakteure wissen sogar noch mehr: »Die Insel der Belesenheit wird fehlen«, jammerte einer von ihnen – und meinte mit dieser »Insel« Johannes Gross, das Herrenmännchen vom eingestellten *FAZ-Magazin*. Dort veröffentlichte Gross bis zum 25. Juni 1999 regelmäßig sein »Notizbuch«, um der Welt mitzuteilen, was für große Leute er kenne und was für schwere Bücher er hin und wieder lese. Durchtränkt war die Sammlung prahlerischer Anekdoten von dem Ehrgeiz, sein, wie Gross das nennt, »liebes Deutschland« durch quasivatikanisches Dekret auf den Zustand vor 1945 zurückzuwuchten, mitten hinein in die von Gross ausgerufene »Berliner Republik« also. Gross, die Mottenkugel der Reaktion, schaffte das mit viel Nachbarschaftshilfe auch, doch beim Ernten der Früchte agierte er, wie schon in seiner Bullterrier-Talkshow »Tacheles«, ohne Fortune. So kann es einem ergehen, der schreibt, als trüge er Schaftstiefel bis zum Hals.
Als aber ratzfatz Schluß war mit der Kolumne des ehrgeizigen Herrenreiters, erschien sie, im Glanz der Gewesenheit, zumindest dem *Spiegel* als »Kandelaber der Bildung«; der Kandelaberer Gross wurde zum »Glosseur«, zum »umtriebigen Diaristen«, mit dem sich »in die große feine Welt reisen ließ, in Golfhotels, wo einzig das Summen der Caddie-Wagen und das Klingen von Eis im Cocktailglas die Ruhe stören«. So stellen sie sich an der Brandstwiete ein dolles Leben vor.
Wichtiger als der Bückling vor Gross war dem *Spiegel* der Tritt ans Schienbein eines Kollegen: »Man muß schon Roger Willemsen heißen, um die Gross-Bonmots zu tadeln.« Tatsäch-

lich hat Willemsen die gesammelten Kleinigkeiten des Johannes Gross ebenso analysiert wie den ganzen Mann: bei Gross handele es sich um eine »publizistische Viertonhupe«, die allenfalls »mit Kondom denken und schreiben« könne und dabei »zopfigstes Geheimratsdeutsch« bevorzuge. Veröffentlicht wurde Willemsens sauberer Verriß 1990 im *Spiegel* – das aber verschweigt der anonyme *Spiegel*-Schreiber neun Jahre später geflissentlich. Diese Hamburger Jungs haben einfach keinen Stil.

Wie auch? »Stil«, zumal »den guten«, hatte ja die letzten 20 Jahre das *FAZ-Magazin* für sich gepachtet. »In diesem Magazin, das sich dem guten Stil gewidmet hatte«, flocht man sich im letzten Editorial des *FAZ-Mags* das Kranzgebinde – und hält solch peinliches Selbstlob offenbar für guten Stil. Auch die Idee, ein Ressort mit dem doppelt verhauenswürdigen Namen »Lifestyle Boulevard« einzurichten und dort ausgerechnet eine Sprachkritik-Kolumne von Wolfgang Steuhl mit dem wortspielhölle- und höchststrafetauglichen Titel »Der Life-Steuhl« zu versehen, wurde im *FAZ-Mag* Wirklichkeit. Wie auch die schlüpfrigen, bevorzugt um Dessous herumglitschenden, halbsteifen Texte des früheren Wormser Französischlehrers Bernd Fritz – auch »Wäsche-Fritz« genannt –, der zum Abschied über einen »Duftzauberstab vom Modemagier Kenzo«, plauderte, mit dessen Hilfe sich »die Dame« parfümierte Wörter auf den Körper schreibe, »deren Bedeutung der Herr dann abriechen kann«. Die Aussicht, auf so etwas verzichten zu sollen, wird manchen tief verbittert haben.

Auch aus der Titelgeschichte des letzten *FAZ-Mags* wehte noch einmal der strenge Geruch des Herrn heraus. Michael Klett, eher Verlegererbe denn Verleger, schrieb seine »Erinnerungen und Ansichten über das Schmauchen feiner Zigarren« und preßte dem Thema manche Schmockerei ab: »die Parforcejagd mit den Nüstern« etwa, und »die im Wachtraum bewegte Frage, woher wir kommen und wohin wir gehen«. So

klingt das, wenn einer fürs Rauchen erfreulich viel Geld ausgibt, für den Geist aber nur ein paar Pfennige übrig hat.
Selbstverständlich schrieb Klett auch über kubanische Zigarren: »Gesicherte Marken, versprochene Qualität sind in kommunistischer Wirtschaft nicht möglich, und dies erst recht nicht, wenn der verbohrte Diktator, der über die flinken braunen Hände herrscht, gegen den freien Welthandel wettert, als das beste Prinzip für Leistung und Qualität.« Daß »der verbohrte Diktator« ganz modisch nach einem weiteren Milošević? vulgo Hitler klingt - egal. Wenn einer, der die Werke Ernst Jüngers verlegt, nicht einsehen will, daß er schwerlich dieselben Interessen hat wie einer, der Kuba zu regieren versucht - geschenkt. Aber die »flinken braunen Hände«: Ach, gnädiger Herr, was san's wieder apart heit!
Auf Kletts Herrenmenschelei setzte im finalen *FAZ-Mag* das gnubbelige Maskottchen des Heftchens noch eins drauf: Im »Notizbuch Johannes Gross. Letzte Folge. Letztes Stück«, Überschrift: »Wie die Balten betteln«, erhebt sich die alte Klage übers Personal: Es spurt nicht mehr heutzutage. »Wer ein Taxi benutzt, wird über die soziale Ordnung belehrt. Der Fahrer muß nicht fragen, ob er seine Radiomusik weiter dröhnen lassen dürfe; der Fahrgast ist es, der um Ruhe bitten muß.« Sicher, Taxifahrer können - auch vermittels ihrer Musik - extrem nervig sein; der Herrenzwerg Gross aber moniert bloß, daß er aufsässige Dienstboten nicht mehr mit der Reitpeitsche über das belehren darf, was er sich unter sozialer Ordnung vorstellt: Hasso faß!
Und für so etwas soll kein Platz mehr sein in der deutschen Kultur- und Presselandschaft? Das ist ein Skandal! Das darf nicht sein! Und wird auch nicht sein: Das *FAZ-Magazin* lebt weiter! Täglich auf der Wahrheit-Seite der *taz*. Und wenn ich es selber schreiben muß. Quod erat demonstrandum.

Mein lyba Dyba

oder: Karneval den Katholiken
Ein Büttengedicht

Kennen Sie eigentlich Priapismus?
So heißt eine schmerzhafte Erektion
Ganz ähnlich geht auch Katholizismus:
Ohne Jaulen läuft nichts bei Gott & Sohn.

Auch die Latte
Die Christus hatte
Tat dem Jungen scheußlich weh.
Doch er hing an ihr. O je.

Sicher, es stimmt: Jeder Glaube ist mies
Das gilt auch für Luther und den Skinhead aus Nepal
Die Katholen aber sind fieser als fies
Sie ersannen das Böse: den Karneval.

* * *

Man sieht Prunksitzung, Stunksitzung, Funkenmariechen
Sieht Komiker in Politiker kriechen
Büttenredner des Bösen zermürben
Zuhörer, die sich wünschen, sie stürben

Beim Anhörenmüssen uralter Pointen
Die sie schon Meilen im voraus erahnten.
Und ein abscheulicher Dialekt
Macht den Endreimterror perfekt.

Muß man denn alles selber machen?
Sogar diese schrecklichen Karnevals-Sachen?
Okay, Katholiken, hier kommen die Witze
(Ein paar von ihnen sind einsame Spitze):

* * *

Bunte Anti-Baby-Pillen
Sind nicht nach des Papstes Willen

Nicht einmal das Diaphragma
Mag er, der mobile Papa.

Gönnt auch keinem die fetale
nette kleine Glücksspirale

Selbst das nützliche Kondom
Untersagt der Gottesgnom.

Nettes Poppen nur zum Spaß
Lehnt er ab aus Menschenhaß

Juch und heißa sind verflucht –
Die Strafe nennt man Leibesfrucht.

* * *

Dann wird gemuttert, dann wird gekalbt.
Der Papst ist zufrieden und segnet und salbt –

Es sei denn, er hätte selber getroffen
Nachdem er mit Schwester Maria besoffen

Von vorn und von hinten und Polen offen –
»O Gott!« Doch jetzt hilft ihm kein Beten, kein
Hoffen

Jetzt hilft ihm nur noch das eine Wort
(Und niemand flennt hier von Kindesmord):

»Mach es weg, Maria! Abort! Abort!
Nur weg mit Schaden! Fort damit! Fort!

Immer raus, was keine Miete bezahlt!
Und sich hier gratis im Mutterbauch aalt!«

* * *

Herr Ratzinger hat viel Erfahrung
Mit den Folgen einer Paarung.

Von der Pike auf gelernt
Wie man diese dann entfernt

Hat auch sein Kollege Dyba
Der ist selbst kein schlechter Schieber.

»Schmeiß mir mal den Fötus rüber!«
Fordert Ratzinger von Dyba

Dyba fragt salopp zurück:
»In Scheiben oder ganz, am Stück?«

* * *

Zum empfängnisfreien Laben
Gab der HErr dem Papst die Knaben.

Süße, kleine Ministranten
Führt er ein in die bekannten

Praktiken der Fleischabtötung
Bevorzugt wird die heiße Lötung.

Froh ruft auch der Kardinal:
»Liebe Kinder, kommt doch mal!«

O wie groß wird sein Entzücken
Wenn sie sich nach Seife bücken.

Gerne weiht der Bischof auch
Schüler mit dem Bischofsschlauch

Und der junge Herr Vikar
Steht auf Knabenkaviar.

* * *

So ist alles gut geregelt
Überall wird schwer gevögelt

Doch mit Rücksicht auf die Sitten
Wird es später abgestritten:

»Ich schwör's dir bei Gott, nicht ein einziges
Mal ...!« –
Daraus entstand der Karneval

Als Mahnung für alle, die heucheln beim Ficken:
Als gerechte Strafe für Katholiken.

P. S.:

Wenn das Muttermündchen spricht
Sagt es: Hallo, Sackgesicht.

Über die Hohe Kunst der nicht sinngebundenen Beleidigung

Ein Seminar

»Nicht denken – fluchen!« ist der Leitspruch der Heimwerkersorte Mensch. Wenn so ein Bastler, wahlweise in Latzhosen oder im graublauen Kittel, in seinem Keller oder seiner Garage steht, hält man sich besser von ihm fern. Aus sicherer Dekkung heraus kann man ihn beobachten, wie er da herummochelt. »Ich hatte da doch noch so ein schönes Muffenstück«, kann man ihn sagen hören, aber meistens nörgelt und knörmelt er vor sich hin, das Werkzeug »taugt nicht« und das Material, das er im »Bauhaus«, im »Obi« oder in einem ähnlichen Amateurverbrechermarkt zusammengerakt hat, sowieso nicht. Wenn er einen Nagel nicht in die Wand bekommt, ächzt er »Rein mußt du, und wenn wir beide weinen« – ein Satz, der interessante, wenn auch nicht unbedingt erfreuliche Einblicke gewährt in das Privat- und Intimleben des notorisch von Unrast und Ruhelosigkeit getriebenen Heimwerkers. Sein Leib- und Magenfluch aber ist und bleibt das eher einfallslose »Scheiße!«, und mit der Vorsilbe »Scheiß-« überzieht er alle Gerätschaften, die ihm unter die unegalen Finger kommen. Dabei hat die Scheiße, wie Hans Magnus Enzensberger in seinem gleichnamigen Gedicht bemerkte, etwas eigentümlich Sanftes, Bescheidenes, Nachgiebiges, Gewaltloses und Friedfertiges an sich; jemanden als Scheiße zu bezeichnen, kann daher einen untertreibenden Zug und in diesem Understatement beinahe schon wieder etwas Elegantes bekommen. Man muß aber vorsichtig damit umgehen.

Als ich einmal die von Fanny Müller gelernte Generalvokabel »Scheiße in Menschengestalt« in einem privaten Brief und wohlbegründet zur Anwendung brachte, lief der Adressat damit zu seinem Anwalt, der sogleich ein paar Briefbögen füllte und die Staatsanwaltschaft mit der Sache behelligte. Es kostete eine vierstellige Summe, um diese Verneinung eines Rechtspflegers zu stoppen. Das Recht ist in solchen Fällen auf der Seite von Leuten, für die man sich andere Schimpfwörter ausdenken muß - »Ehrenmann« zum Beispiel. Auch »Napfsülze« ist sehr hübsch, und das westfälisch-masemattesche »Hacho« zeigt ebenfalls immer wieder Wirkung. Die Frage »Was bist du denn für'n Hacho?« versetzt die meisten Angesprochenen in den erwünschten Aggregatzustand: Sie halten den Schnabel und grübeln verzweifelt darüber nach, ob sie jetzt beleidigt sein müssen.

Ähnliche Effekte lassen sich mit den - gleichwohl freundlicheren - Invektiven »Tünsel« und »Dölmer« erzielen. Ausgedient haben die Anwürfe »Weichei« und »Warmduscher«, die längst hineingefunden haben in die Neue Mitte. Als »Weicheier« und »Warmduscher« werden Leute denunziert, die sympathischerweise nicht bereit sind, anderen für einen Arbeitsplatz das Gesicht einzutreten. Asoziale und bundeswehrsoldatige Existenzen dürfen ihre beiden Lieblingswörter aber gerne weiter benutzen.

Für mein Schimpfwort Nummer eins möchte ich mich bei Henning Harnisch bedanken: »Schattenparker!« Was für eine Kraft, was für ein Groove: »Schattenparker«. Man kann es pausenlos sagen, zu allem und jedem: »Schattenparker!« Was es bedeutet? Egal. Die nicht sinngebundene Beleidigung, das weiß man seit Käpt'n Haddock, trifft am besten. Ha, Schurke, nimm das: »Schattenparker!«

Ich medie, also bin ich

Vorläufiger Nachruf auf Dieter Kunzelmann

Als Dieter Kunzelmann im Kreuzberger Mehringhoftheater seinen 60. Geburtstag begeht, ist die Luft zum Schneiden. 210 Jahre Sturm auf die Bastille und 60 Jahre Dieter Kunzelmann müssen gefeiert werden am 14. Juli 1999, so will es Dieter Kunzelmann. Eine Minute nach Mitternacht soll er auftauchen aus dem Untergrund, in dem er 15 Monate zuvor verschwunden war. Seit Monaten ist diese Aktion angekündigt, erst unter der Hand weitergegeben mit der Bitte um Verschwiegenheit, dann aber doch auf Plakaten und in Zeitungsanzeigen: Kunzelmann lebt zwar vom Image des Geheimnisvollen, aber mehr als alles andere braucht er die öffentliche Aufmerksamkeit. Die ist mit Heimlichkeit nicht in ausreichender Menge herzustellen; deshalb erfolgt auch kurz vor der veritablen Wiederauferstehung die mediale, bei Biolek und im *stern*.

Ich medie, also bin ich. Das ist es, was übrigblieb von der neuen deutschen Linken seit 1968. Die von Kunzelmann, Langhans u. a. zur Lehre erhobene Behauptung, das Private sei politisch, erreichte nach langer Irrfahrt den Zielhafen: das organisierte Selbstbezichtigungs- und Therapiegebrabbel der Mittagstalkshows, wo trostlos langweilige und allenfalls deprimierende Inhaber eines Privatlebens vor einem adäquaten Publikum ausgebreitet werden und sich ausbreiten, und das am Fließband. So muß die *Kommune 1* gewesen sein, nur nicht ganz so professionell. Insofern haben die 68er die Gesellschaft demokratisiert: Es ist kein Privileg mehr, sich zum Affen zu machen; eine x-beliebige anonyme Heulboje kann das heute ebenso tun wie die ungleich prominentere Brigitte Seebacher-Brandt.

Mit seiner medialen Geburtstagsausbeute darf Kunzelmann zufrieden sein: Es sind jede Menge Leute da, die ihm das Gütesiegel »bekannt aus Funk und Fernsehn« verschaffen werden. Es ist heiß in dem niedrigen Raum, in dem etwa 300 Menschen sich drängeln. Entsprechend riecht es nicht gut, mehr nach unterm Arm; vielleicht liegt das aber auch daran, daß Leute, die schon an ihrer Gesinnung so schwer zu tragen haben, sich nicht noch einmal frischmachen, wenn sie ausnahmsweise so spät noch ausgehen.

Kunzelmann ist überfällig, alles brütet. Um 18 Minuten nach Mitternacht betritt jemand die Bühne und sagt: »Es ist null Uhr eins.« Aha, ein Witz. Stockend verrät der Conferencier, was alles geboten werden soll im Laufe der Nacht - u. a. die demonstrations- und straßenfesterprobte Kapelle »IG Blech«, die dann auch gleich losspielt. »Sozialarbeiter sollen keine Musik machen!« kommentiert Michael Stein das fade Gequietsche. Stein ist Autor und Deklamator wüster, oft komischer Texte, ein Berliner Anarchist aus dem Bilderbuch, eine Art Kunzelmann in jünger, nur viel besser und intelligenter. Auf der Feierstunde zu Ehren des Störers Kunzelmann stört er allerdings; an diesem Abend ist Andacht gefragt, nicht klare Wahrnehmung. Und so wird ihm von den Mehringhoftheaterleuten auch sofort geraten, schön brav den Schnabel zu halten, sonst ... So ist das, wenn Linke feiern: eine Frage des Prinzips.

Nach einer langen halben Stunde soll es spannend werden: Auf dem Podium sägt sich Dieter Kunzelmann aus einem großen Papp-Ei heraus. Das ist, bei aller Selbstreferenz des Eierwerfers Kunzelmann, eine hübsche Idee. Kunzelmann verdirbt sie allerdings; er kriegt das Sägen nicht richtig hin, und kaum ist er aus dem Ei heraus, hampelt er herum und brummelt irgend etwas Unverständliches vor sich hin. Da steht er nun, Dieter Kunzelmann, der von einigen lang Erwartete: ein Schrat, kauzig und schrullig, eine Figur aus dem Kiffer-Comic. Eine Aura von Männerwohnheim umweht ihn.

Sein Auftritt ist eine dramaturgische Katastrophe. Als sein Mikrophon nicht auf Anhieb funktioniert, grattelt er böse herum; nachdem jemand die Sache gerichtet hat, hockt er sich an einen Tisch, sieht sich im Saal um und liest aus seiner Autobiographie vor - selbstverständlich die Geschichte seiner Eier-Attacken auf Eberhard Diepgen, vorgetragen in dem schweren fränkischen Dialekt, den Kunzelmann, obwohl seit 40 Jahren von Bamberg fort, noch immer pflegt.

Der provokatorische Wert dessen, was Funny van Dannen charmant »ein anderes Wort für Scheide« nennt, tendiert gegen Null. Das böse Wort mit F ist nur grob. Es verhält sich damit ähnlich wie mit dem Anwurf »Nazi!« respektive »Faschist!« oder, beinahe zärtlich, »Fascho!«: Jeden kann das Wort treffen, manchmal sogar, aus Zufall, einen wirklichen Faschisten. Und trotzdem: Als Stein im Mehringhoftheater »Fotze!« ruft, hat das, gerade weil es niemanden spezifisch und deshalb irgendwie alle meint, fast schon reinigende, zumindest aber befreiende Wirkung. In Friedhofs- und Gedenkstundenehrfurcht erstarrt steht das Publikum - und dreht sich, böse, nach dem Zwischenrufer um.

Der ist von Kunzelmann nur noch geödet. Im April 1998 hatte Stein Kunzelmanns gefälschte Freitodanzeige bei der *Berliner Zeitung* aufgegeben und damit eine PR-Welle ausgelöst, an der Kunzelmann sich selbstzufrieden wärmte. Inzwischen geht er auf Distanz - wie auch andere alte Bekannte Kunzelmanns. Der, erzählen sie alle, ist eine grauenhafte Nervensäge, nötigt jedermann hektografierte Blätter mit Artikeln über sich auf, schurigelt aus reiner Bosheit Kellner, schnorrt aus Prinzip und belästigt Frauen, bei denen er nicht landen kann, wochenlang telefonisch. Man sieht den Mann auf der Bühne herumgrupscheln und glaubt es sofort, alles.

Im Innenhof des Theaters hockt der linke Nachwuchs, die

Hintern auf der Erde wie die Kirchentagsjugend, und lernt die Lektion des Abends: Hauptsache, man ist dabei. Das bläht die eigene Existenz so schön auf. Es ist die szenige Variante von Sehen und Gesehenwerden: Jeder tut so, als interessiere er sich kein bißchen dafür und interessiert sich doch für nichts anderes. Wer ist wichtig und wer nicht, wer redet mit wem und mit wem nicht - das ist die Suppe, aus der eine Linke ihre Mythen schöpft, die um so autoritärer fixiert ist, je antiautoritärer und zwangslockerer sie sich spreizt. Wer das nicht glauben mag, soll sich einmal die Karrieren von Joseph Fischer und Daniel Cohn-Bendit genau ansehen; sie basieren auf dem ebenso geleugneten wie virulenten linken Bedürfnis nach Platzhirschentum. Beziehungsweise, bei LinkInnen, nach Platzhirschkühen wie der allerdings karriereunterlegenen Jutta Ditfurth. Zur stabilisierenden Abrundung respektive Abgrundung des Weltbilds fehlt dann nur noch der Feind, in dessen froher Erwartung man stets lebt.

An diesem Abend aber, wie dumm, bleibt der Feind schlau zu Hause: Die Polizei, die Kunzelmann angeblich im Laufe des Abends festnehmen sollte, tut ihm diesen PR-Gefallen nicht. So muß Kunzelmann selbst den Petermännern hinterherlaufen. Morgens früh, begleitet von ein paar letzten Getreuen, hämmert er an das Tor der Justizvollzugsanstalt Moabit und ruft, wie einst Gerhard Schröder vorm Bundeskanzleramt: »Ich will hier rein!«

Und drin ist er dann auch, für elf Monate, weil er zwei Eier auf Eberhard Diepgen warf, den Regierenden Bürgermeister von Berlin. Die Strafe ist ein Witz, wie der Werfer ein Witz ist - und der Beworfene sowieso. Diepgen, Vorsteher der paralysierten, in jeder Hinsicht bankrotten großen Berliner Provinzkoalition, klammert sich an peinliche PR-Maßnahmen, läßt sich als »Diepgen rennt« plakatieren und flopt und flopt. Da er sonst nichts hat, nimmt er, ganz Schwächling, sich und seinen Status furchtbar wichtig. Mit nur zwei rohen Eiern auf

der Jacke war der Windbeutel Diepgen gnädig bedient. Nicht einmal das ahnt der banale Mann.
Elf Monate Gefängnis für Kunzelmann wegen zweier Eier auf Diepgen sind nicht nur ein Beispiel von Justiz nach Gutsherrenart, sie sind auch als Strafe ohne jeden Taug: Das einzige, was Kunzelmann als eine solche hätte empfinden können, wäre der Entzug jeglicher Öffentlichkeit gewesen. Diese schöne Chance wurde vergeben. Das Urteil könnte salomonisch nachgerüstet werden: entweder Kunzelmann sofort freilassen und wieder ins Berliner Abgeordnetenhaus zurückschicken, wo er, wie er das in den 80er Jahren als Abgeordneter der »Alternativen Liste« tat, ausnahmsweise die richtigen Leute nerven könnte. Oder man muß, ebenfalls sofort, Diepgen zu Kunzelmann in die Zelle stecken. In nur wenigen Wochen hätten die zwei, die einander so bedingen und verdienen, wie das sonst nur schlachterprobte und schlachtreife Ehepaare schaffen, sich wechselseitig zu Null subtrahiert, und man bliebe verschont von beiden Plagen, von Eberhard Pest genauso wie von Dieter Cholera.

Requiem für Jürgen Fuchs

Wenn irgendwo Kirchentag ist, merkt man das an den Rucksäcken. Nie sind so viele Rucksäcke unterwegs wie an Kirchentagen, und in den Trageriemen der Rucksäcke stecken Christ und Christin. Was haben die Christen nur immer in ihrem Rucksack? Den kleinen Glauben für zwischendurch? Ein aufblasbares Kreuz? Leibchristiwäsche zum Wechseln? Man möchte es lieber nicht wissen, wenn man die Blökies gruppenweise durch die Straßen hoppeln sieht als nichts ahnende Illustratoren des schönen Liedes, das Funny van Dannen über sie schrieb: »Mit Fanta und mit Butterkeks/wir sind junge Christen unterwegs.«

Organisierte Christen sind Leute, die nicht allein sein können; sie brauchen die Versicherung im Pulk. Deshalb schanghaien sie ständig andere Leute und versuchen, ihnen ihr Elend aufzuschwatzen. Jedes neue Sektenmitglied ist eine Bestätigung dafür, wie richtig sie es doch machen; zudem darf aus Prinzip keine Seele verloren gegeben werden – schon gar nicht die von Leuten, denen man eine Seele erst einreden muß. Und weil der Christ auch nicht weiß, daß nichts so alt ist wie die aktuelle Mode, hatte der Stuttgarter Kirchentag im Juni 1999 »den Körper und die Sinne« entdeckt und allen Ernstes auch ein »Forum Bodybuilding« eingerichtet. Dort wurden wichtige Fragen verhandelt:

War Jesus Mister Universum?

Und war er trotzdem okay?

Nahm er Aufbaupräparate?

Oder stand er auf Fair Play?

Wird demnächst das Leben Christi mit Arnold Schwarzenegger in der Titelrolle verfilmt? Mit einer schwellkörperprallen Kreuzigungsszene in der Arena von Golgatha müßte die Sache eigentlich ein Kassenschlager werden.

Weil es so weit aber noch nicht ist, wählten sich die Christen von Stuttgart einen wirklichen Kriegs- und Kreuzzugsmann zum Helden und bejubelten Rudolf Scharping, der dasselbe Stroh zu Gold sponn wie auf seinen Pressekonferenzen: Serbien = Hitler, Deutschland = Antifa, hab keine Angst, alles wird gut, vertrau mir. Da mutierte der Christenrucksack ganz schwere- und beschwerdelos zum Kriegstornister.

Einen Tag nach dem Schaulaufen der Gläubischen kam der Berliner *Tagesspiegel* mit einer Geschichte, die ebenfalls den Hauptregeln der Religion folgt: Der Glaube ersetzt den ohnehin spärlich vorhandenen Verstand, und noch der schönste Blödsinn wird mit heiligem Ernst verhandelt. »Hat die Stasi Jürgen Fuchs und andere Regimegegner im Gefängnis radioaktiv verstrahlt?« fragte das Blatt – und hätte ebensogut titeln können: War Jürgen Fuchs nicht eigentlich Jesus?

Das Stück über Fuchs und die Stasi-Strahlenkanone ist keine originäre Erfindung seines Autors Jürgen Schreiber; schon der *Spiegel* hatte Wochen zuvor entsprechende Mutmaßungen aufgetischt. Bemerkenswert an der aufgewärmten Version ist allein, daß sie absolut nichts Neues enthält: Der Autor spekuliert tendenziös in der Gegend herum, in der Hand hat er nichts.

Das muß er auch nicht, denn seit dem Krieg der Nato gegen Jugoslawien gilt noch mehr als immer schon die alte Regel, daß ein Journalist nichts wissen muß, solange er sich nur sittlich bläht. Man kann ohne jeden Beweis behaupten, was immer man will, solange es das ist, was die anderen auch erzählen und was die Leute hören wollen; wiederholt man ein Gerücht oft genug, gilt es für Wahrheit. Jürgen Schreiber gehört zur Meute von heute: Er weiß, daß detailliertes Wissen bloß schadet, wenn es gilt, einen allgemein erwünschten Eindruck zu erzeugen.

Das allerdings kann er. Wer - aus welchen Motiven immer - die DDR als sinistre Horrorshow sehen und gesehen haben will, wird bedient bei Schreiber. Ein Zeuge, der seine Theorie als »absurd und lächerlich« und als »grotesken Unsinn« zurückweist, wird als »lauernd« beschrieben, als »sehr auf der Hut«, er »faucht am Telefon«, und »das abschirmende Lächeln verrutscht ihm kurz«. Nicht, daß das nicht stimmen könnte, aber wie anders erscheint dagegen ein guter Zeuge, einer, der die vage Anklage stützt: Der ist »ein bedächtiger Erzähler«, der »die Worte wägt« - während wiederum einer, der sagt, er könne »für Mutmaßungen nicht zur Verfügung stehen«, für Schreiber schlicht »Mangel an Courage« zeigt.
»Über den Untergang hinaus verbreitet die Stasi mabusehaften Schrecken«, schreibert Schreiber, und so kommt man sich auch vor in seiner Geschichte: wie im Edgar-Wallace-Würgerfilm der frühen 60er Jahre. An der DDR, je länger sie verschwunden ist, läßt sich offenbar gut gruseln. Fuchs, dem fraglos böse mitgespielt worden ist, hat aus dem Knast eine schwere Fixierung mitgebracht. Daß einer, der gelitten hat, seinen Feinden alles zutraut, ist verständlich, hat aber noch keine Beweiskraft, und daß einem Leute, die schlechte Dichter bespitzeln und einsperren, unsympathisch sind, macht sie nicht zu Mördern. Davon aber will Jürgen Schreiber nichts wissen. Er fängt im Gegenteil schon an zu schreiben wie Jürgen Fuchs: »Reise in die Vergangenheit. Das frühere Stasi-Gefängnis Gera.« Es ist Stakkato ohne ganze Sätze, Sprache als Würzmischung aus Werbeagentur, Talkshow und *Bild*-Zeitung. Mit so was kann man Journalistenpreise gewinnen.
Wurde Jürgen Fuchs radioaktiven Strahlen ausgesetzt? Oder waren es Röntgenstrahlen? Wurde eine Strahlenkanone aus dem Donald-Duck-Heft benutzt? Oder doch eine Gulaschkanone? Keiner weiß was, aber das ist egal. Hauptsache fies, Hauptsache DDR.
Zum Schluß wird Schreiber vollends lyrisch. »Auf dem Dich-

tergrab welken die letzten Rosen. Das Rätsel bleibt: ›Und / Wer hört mich, / wenn ich schweige.‹« Das ist sie, die eine Frage, die Jürgen Fuchs bewegte: »Wer hört mich, wenn ich schweige?« Was hätte man darauf nicht alles antworten können. So bleibt die Frage der Refrain eines Requiems für Jesus Fuchs, mit Musik von Paul Hindemith, klabaster klabaster.

Und für alle künftigen Jesus-Aspiranten hier noch ein schönes altes Lied: Es gibt ein neues Fruchtbonbon: Jesus von Suchard! / Brave Kinder kennen's schon: Es schmeckt sonderbar: / Jesus, Jesus, Jesus von Suchard!

Kollateraljournalisten

Aus der Serie: Nato, übernehmen Sie!

Wenn im Krieg Journalisten sterben, müssen die anderen Journalisten dankbar sein. Nichts hilft dem berechtigterweise miserablen Ruf der Branche so auf die Beine wie eine leibhaftige Leiche aus den eigenen Reihen; niemand wertet den Journalismus so auf wie ein toter Journalist. Im Gegensatz zur Existenz des Journalisten scheint immerhin sein Tod zu beweisen, daß der Journalist im Dienst der Wahrheit unterwegs sei, und man kann so schön die Legende erzählen von heroischen Menschen, von Abenteurern mit dem goldenen Herzen, von den Mutti Teresas mit Kamera und Laptop. In diesem Sinn gilt der Satz: Der beste, der nützlichste Journalist ist der tote Journalist.

Das wußte auch der damalige Chefredakteur des *stern*, Michael Maier, der im Juni 1999 seinen Leitartikel dem Nachruf auf zwei *stern*-Reporter widmete, deren Tod selbst die Titelgeschichte des *stern* war. Dünnes Eis, könnte man finden, aber das ist Unsinn: Journalismus ist das Geschäft mit dem Inserat, um das man ein paar Meldungen und Bilder drapiert. Zwei tote deutsche Reporter sind eine Meldung in Deutschland, also geht die Geschichte an den Kiosk. Das einzig Unethische an diesem Geschäft ist, daß es nicht als das Geschäft erscheinen darf, das es ist, sondern als ein hochethischer Vorgang verkauft werden muß. Maier konnte schlecht zugeben, daß die beiden toten *stern*-Leute ihrem Blatt kaum besser hätten dienen können als mit ihrem Tod. Also legte der Chefredakteur Trauerflor an, schwärzte sich die Zunge und schrieb auf Halbmast. »Wie hoch kann der Preis sein für einen Journalismus, der sich nicht mit der Ungerechtigkeit, mit dem

Leid der Welt abfindet?« fragte Maier sich und alle *stern*-Leser, anstatt sich beim Anzeigenleiter zu erkundigen.
Es folgte ein gutes Dutzend Nachrufseiten, die belegten, daß es schwerlich ein schmierigeres Geschäft gibt als das mit der Intimität. Er »war einer, dem seine Erlebnisse nahegingen, der manchmal abends im Hotel weinte«, hieß es da, und ohne ihn gekannt zu haben, wollte man den toten *stern*-Fotografen in Schutz nehmen gegen den Kitsch, der ihm hinterhergeschrieben wurde: »Er war so gerne draußen. (...) Raus aus Schlafsack und Zelt, fotografieren, fotografieren, fotografieren. Leben pur.« Die Autoren des »Fit for fun«-Gedödels heißen Walter Wüllenweber und Peter Juppenlatz – jeder für sich schon ein schwerer Kollateralschaden.
Das gilt auch für Matthias Rüb von der *FAZ*, der eine »Pogromstimmung gegen Journalisten im Kosovo« vermeldete, denn Pogrome, das haben die Scharpingdeutschen aus der Geschichte gelernt, machen sie jetzt nicht mehr selber, sondern verhindern sie, am liebsten präventiv, auf blauen Dunst hin. Man spürte im Krieg bei Rüb dieselbe nagende Unzufriedenheit, die auch viele seiner Kollegen plagte: Da hatten sie sich drei Monate reingehängt in den Krieg und eine Blutrünstigkeit entfacht, die nicht mehr befriedigt werden konnte, weil ihnen der Frieden dazwischengekommen war. So richtig besiegt waren die Serben nicht, im Verein gratis auf Peter Handke eindreschen, machte auf Dauer auch keinen richtigen Spaß mehr, und so bleibt Rüb nur, den kollateraltoten Serben postum ihre Zweitrangigkeit zu erklären: »Sie waren nicht im Fadenkreuz der Bomberpiloten. Sie wurden nicht absichtsvoll getötet. Sie starben, weil Bomben sich verirrten.« Die armen Bomben aber hießen Hänsel und Gretel, und wenn sie nicht gestorben sind, dann fallen sie auf deutsche Journalisten zurück.

Zigarettchen im Bettchen

Das Ingeborg-Bachmann-Lied

Sie hieß Ingeborg. Ingeborg Bachmann.
Sie schrieb schwierige Literatur.
Und obwohl sie aus Klagenfurt stammte
Ist sie Teil der deutschen Kultur.

Was sie schrieb, steht in Bibliotheken
Was sie schrieb, steht im Bücherregal
Sogar in Schulbüchern steht es
Doch den Schülern ist es egal.

Dabei gab sie sich wirklich Mühe
Sie schrieb auch sehr ambitioniert
Doch die groschenheftgeilen Leser
Hat Lyrik nie interessiert.

»Ohne Sorge, sei ohne Sorge«
Hieß ihre mahnendste Zeile
Doch die Menschen zuckten die Achseln
Und sagten: »Och, ist nicht so geil, ey.«

Es ging um Reklame und war kritisch gemeint
Doch es ging nicht voran im Gedicht
Weil sich auf Sorge nichts reimt
Höchstens borge, und das mochte Ingeborg nicht.

Man nannte sie Ohnesorg Bachmann
So zynisch sind hier die Leute
Und nachdem sie im Schlaf verbrannte
Sang eine herzlose Meute:

»Sie hieß Ingeborg Bachmann
Und rauchte gern im Bettchen
Noch ein Zigarettchen
Noch ein Zigarettchen!«

Ihre Verse hat keiner verstanden
Und manche haben gelacht
Doch die Geste des lässigen Rauchens
Hat sie berühmt gemacht.

Sie hieß Ingeborg. Ingeborg Bachmann.
Sie war eine dichtende Dame.
Und obwohl sie Werbung so haßte
Hinterläßt sie Raucherreklame.

Eine kurze Geschichte über das Kiffen

1980 brachten zwei Freunde und ich ein paar Klumpen Haschisch aus Marokko nach Hause. Das geschah ohne Absicht: Kaum eine Stunde im Land, saßen wir, drei grüne Jungs zwischen 19 und 21, schon in einem marokkanischen Haus, in das uns vier freundliche Männer eingeladen und mitgenommen hatten. Sie kredenzten uns Pfefferminztee, hielten uns Purpfeifen und Joints hin, und wir ließen uns nicht lange bitten. Da ich nicht Bill Clinton bin, muß ich nicht 20 Jahre später behaupten, wir hätten zwar geraucht, aber nicht inhaliert. Wir sogen ein, als hinge unser Leben davon ab, und als wir so richtig pickepacke zugeraucht waren, sagten die freundlichen Marokkaner: »Okay. Let's make business.«
Teil dieses für uns sehr überraschenden Geschäfts war ein kurzes, aber heftiges Theaterstück in rollendem, *th*-freiem Englisch. »How much do you want to buy? One kilo? Two?« fragte einer unserer Gastgeber. Wir kapierten nur langsam. Was war denn auf einmal los? Von kaufen und verkaufen war bei der freundlichen Einladung doch gar nicht die Rede gewesen. Jetzt fielen uns auch die Warnungen wieder ein – vor gut organisierten Banden, die junge Touristen zum Kiffen einluden und dann ausplünderten. Ein besonders beliebter Trick dieser Leute sei es, ihre Kunden zum Haschischkauf zu nötigen und sie anschließend zwecks Rückversicherung bei der Polizei anzuzeigen. Über marokkanische Gefängnisse hatten wir viele Geschichten gehört. Nett hatte keine davon geklungen.
»Sorry, we don't want to buy any Haschisch«, gaben wir schüchtern zurück. Es sollte entschlossen klingen, nach Gegenwehr, war aber nur Spiegel unserer bedröhnten Mattigkeit. Einer unserer Gastgeber griff das Stichwort auf und kam rich-

tig aus dem Sulky. »What do you tink? You come here, drink my pippermintea, make my house dirty!« krakeelte er. Dabei zeigte er theatralisch auf die von ihm selbst auf dem Steinboden ausgeklopfte Asche. »And now you want to buy noting?!« schrie er und rollte gefährlich mit den Augen. Wir boten an, das Gerauchte und Getrunkene selbstverständlich zu bezahlen. Das war falsch. »Den you pay tousand mark. Each«, lautete die prompte Antwort. Unsere Lullheit im Kopf verwandelte sich in Panik. Wir machten uns echte Sorgen. Einer der vier zog seinen Gürtel aus der Hose und ließ das Leder in seine Handfläche klatschen, der zweite zückte ein Messer mit sehr langer Klinge, der dritte brachte eine Pistole zum Vorschein, und der Sprecher sagte mit erprobt gewinnendem Lächeln: »We can kill you. No problem. No one will ask for you here in Maroc.«

Für unseren bekifften Grips klang das furchtbar plausibel. Eine Viertelstunde später standen wir auf der Straße, um ein paar hundert Mark ärmer und einen dicken Batzen Haschisch reicher. Wohin mit dem Zeug? Um es wegzurauchen, war es viel zuviel. Es über drei Grenzen zurück nach Deutschland mitzunehmen, kam nicht in Frage. Wegwerfen wollten wir es aber auch nicht. Einer von uns hatte die rettende Idee. Das Haschisch wurde in Filmdosen gesteckt, und die wiederum in die Umschläge vom Fotolabor. Die Adresse wurde natürlich geändert, und ab ging die Post. Erst später erzählte der Freund, daß er die Sendungen an sich selbst adressiert hatte – wir sahen ihn schon im Knast, aber wenigstens nicht in einem marokkanischen.

Erstaunlicherweise klappte die Sache aber. Wieder zu Hause, waren wir die Könige. Kiffen war Breitensport und gute Ware rar. Die Leute rannten uns die Bude ein, wir gaben gern und reichlich und genossen die Aufmerksamkeit. Geld wollten wir keins, das war Ehrensache, und es gab kaum jemanden, dem wir einen großzügig gerollten Joint verweigerten.

Dann ritt uns ein Teufelchen. Zu einer Party eingeladen, drehten wir an die zwanzig prächtige Joints, die nur ein Manko hatten: Sie enthielten kein bißchen Haschisch. Auf der Party zogen wir wild an unseren Tabakrohren, die sofort Abnehmer fanden, und eine halbe Stunde später wälzten und überboten sich die Partygäste gegenseitig in gigantischer, angestrengter Bekifftheit. So gemein, die Sache aufzudecken, waren wir nicht, aber wir fühlten diebische Freude, als wir unseren Freunden und Bekannten dabei zusahen und -hörten, wie sie angeblich unglaubliche Dinge erlebten und fühlten und uns immer wieder sagten, das hier sei das Beste, das sie je geraucht hätten.

Nicht lange, und ich verlor das Interesse an Haschisch - seit jener Party hatte ich wohl ein bißchen den Glauben eingebüßt. Noch heute, wenn ich im Restaurant Leute sehe, die angestrengt und demonstrativ, mit vielen Aaah!s und Oooh!s und Uuuh!s, ihre angebliche Genußfähigkeit, also sich selbst ausstellen, weiß ich: Für die hätte es auch Doktor Placebo getan.

Ein verliebter Buddha kocht

für Vincent Klink

Du bist der Topf
Ich bin die Pfanne
Du bist der Kopf
Ich Bauch und Wanne

Du bist die Gabel
Ich bin das Messer
Es ist wie löffeln
Oder noch besser

Du bist der Bogen
Ich bin der Pfeil
Wir sind das Ziel
Buddha ist geil

YYYYYYYYYYYYYYYYYY

Die moderne Technik erleichtert dem Menschen das Leben. Es ist schließlich ein Unterschied, ob man bei einem Umzug einen Aufzug zur Verfügung hat oder alles selber die Treppen hochtragen muß. Der Unterschied besteht darin, daß der Aufzug steckenbleibt. Sonntags, wenn der Mann vom Notdienst bei Bier und Bratwurst im Grünen liegt.

Die Verbreitung des Computers beschert der Welt eine neue Dimension der Unwürdigkeit und des unfreiwilligen Humors. Ausgewachsene Menschen brüten vor Geräten, die sie nicht begreifen und die ihnen den Dienst verweigern. Wie mit Ata ausgescheuert stiert ihr Auge, Panik zermürbt ihre Herzen, Haß löscht ihr Hirn aus und verzerrt ihre Züge. Manche sollen aus lauter Verzweiflung vor dem Schirm sogar religiös geworden sein. Ein berühmtes Buch des Verhaltensforschers Konrad Lorenz heißt »Und er redete mit dem Vieh ...«. Seine elektronisch ausgerüsteten Nachfahren tun nichts anderes - nur daß sie nicht reden, sondern brüllen, flennen, flehen und fluchen. Und das Vieh ist der Computer.

So schaffte ich mir irgendwann ein Gerät an. Ich wurde Mitglied im Club für alle. Mit Millionen anderen stoßseufzte ich: »Unheil, dein Name ist Gates!« Ich fiel vor dem Gerät auf die Knie, ich weinte und schrie: »Tu es doch! Warum tust du es nicht?« Es waren Reisen ins Herz der Finsternis. Als der Computer zwei Tage vor dem Abgabetermin ein ganzes Buch geschluckt hatte - jedenfalls dachte ich, er hätte es getan -, erschlug ich ihn mit der bloßen Faust. Eine wilde, atavistische Freude durchströmte mich. So mußte sich ein Steinzeitmann gefühlt haben, nachdem er einen mächtigen Feind getötet hatte. Ich verscharrte den Laptop im Garten, pißte auf sein

Grab und trommelte mit den Fäusten gegen meine Brust. Ich hatte es diesem Bill Gates gezeigt.
Zwei Wochen später war ich wieder an Bord. Diesmal war die Ausrüstung besser, von einem Kenner ausgesucht, kinderleicht zu bedienen. Ich hatte einfach ein paar Klassen übersprungen und war in der ersten Liga gelandet. Ich schrieb E-Mails und huschte im Internet herum. Hin und wieder fand sich sogar etwas hübsch Durchgeknalltes in dieser unsortierten Bibliothek. Alles war gut und die Technik mein Freund.
Dann aber geschieht es: Mitten in einer Mail ist plötzlich alles voller Ypsilons. Der ganze Bildschirm ist übersät mit Ypsilons! Sie breiten sich aus! Sie kommen auf mich zu! In rasender Geschwindigkeit. Lauter Ypsilons! Es sieht aus wie Keilschrift: YYYYYYYYYYYY. Dafür ist Gutenberg nicht gestorben! Dutzende, nein, Hunderte von Ypsilons! Kein Knopfdruck hilft, kein Klicken, nichts. Ich schalte das Gerät aus: Aah, Dunkelheit, gut. Ich schalte das Gerät wieder ein: Sie sind wieder da! Und mehr als vorher! Überall Ypsilons! Ist das der Angriff der Killer-Ypsilons?
Ob beten hilft? Beten kann ich vergessen – der Draht ist lange gekappt, und jetzt mit »Lieber Gott« und »Bitte-Bitte« angelaufen zu kommen, wäre dann doch zu peinlich. Heinrich Heine ist ein prima Dichter, enden wie er aber möchte man nicht: ein Leben lang stolz als Agnostiker gelebt, und dann, auf dem Totenbett, nach dem Pfaffen gerufen und um Erlösung und Vergebung der Sünden gebettelt. Ein schlechter Abgang kann das schönste Leben ruinieren.
Ohnehin könnte Gott hier nichts ausrichten. Gott hat keinen Schimmer von Technik. Dazu ist Gott viel zu alt. Nein – man muß DEN MANN anrufen. DER MANN weiß Bescheid. Er blickt durch. Er hat den Plan. Er ist der wahre Gott, der Gott der Geräte. Er strahlt Ruhe aus, Sicherheit und Güte. DER MANN ist Florence Nightingale, Albert Schweitzer und Mutter Teresa in einer Person, nur besser.

DER MANN kann Leben retten, und, was mehr ist, Daten und Dateien. Er sieht das Malheur. »Klemmt die Y-Taste?« fragt er. Auch Gott hat einmal klein angefangen. Er prüft das Gerät mit kundigen Händen. »Hast du ein Gefrierfach?« fragt er mich. Ich verstehe nicht. Will er ein Eis? Jetzt? »Einfrieren!« sagt er. »Prozessor überhitzt.«
Eine halbe Stunde später sind alle Ypsilons tot. Erfroren. »Niemals Gefangene machen«, sagt DER MANN und zündet sich eine Zigarette an. »Die wirst du hinterher nicht mehr los.« Florence Nightingale, Albert Schweitzer und Mutter Teresa sind wieder mal ziemlich hart drauf.

Über die Vorzüge des Nichtstuns

Am schönsten ist, wenn nichts ist. Nichts zu tun, nichts zu reden, kein Geräusch, nichts. Nichts ist selten. Nichts ist fast nie. Irgend etwas ist immer. Oder irgendeiner. Der muß Pipi, hat Durst oder fragt: »Kann ich ein Eis? Ist es noch wei-heit?« Wenn er Ruhe gibt, ist es wieder still. Beinahe wäre nichts. Aber das nächste Irgend etwas ist immer schon unterwegs.
»Haaallllooo!« Ah – jemand quengelt. Man soll sich um ihn kümmern. Kümmern und liebhaben! Ein verständlicher Wunsch. Schade nur, daß man jetzt etwas tun muß. Aber gut: Erkaufen wir uns ein bißchen Ruhe und Frieden. Vielleicht kann man dem Nichts auch auf Umwegen näher kommen. Über den Umweg Tee und Gebäck? Tee? Wirklich Tee? Tee ist ein gutes Getränk, aber Teetrinker sind seltsam. Einmal betrat ich ein Bekleidungsgeschäft, das auf Leinen spezialisiert ist. Mit Leinen ist es wie mit Tee: Der Stoff an sich ist gut, hat aber viele falsche Freunde. Kaum hatte ich den Laden betreten, eilte mir der Besitzer entgegen. Er trug eine sackartige Pluderhose aus Leinen und eine Weste aus demselben Material. Sonst trug er nichts. Der Mann, der seine Produkte weit weniger günstig bewarb, als er wahrscheinlich dachte, lächelte unterwürfig und fragte: »Willsten Tee?«
Also keinen Tee. Aber Gebäck. Gebäck ist gut. Wer ißt, spricht nicht. Backen wir also Gebäck! Wenn man schon etwas tun muß, ist backen gut. Überhaupt kochen – sehr meditativ. Gemüse putzen zum Beispiel ist eine astreine Sache. Aber – man soll sich nichts vormachen: Es ist nicht nichts. Sondern eine Tätigkeit. Eine Aktivität.
Aktivität ist ein grauenhaftes Wort. Es klingt nach gehobener Freizeit für Leute, die nicht still sitzen und nichts tun können,

und die deshalb Sportarten ausüben, die auf -ing enden müssen: Freeclimbing, Canyoning, Jogging, Rafting, Piercing, Trekking. Ab und zu enden diese Sportarten nicht nur auf -ing, sondern mit dem Exitus. Es gibt Leute, die bringen sogar den Tod auf den Hund.

Ähnlich gemein klingt das Wort Aktivität im Zusammenhang mit aufgepeitschten Seniorengruppen, die busladungsweise durch die Welt gekarrt werden, weil es keine alten Leute mehr gibt, nur noch Senioren. Alten Leuten haftet das Stigma des Passiven an – Senioren aber sind aktiv! Und zwar permanent.

Sollte ich alt werden, werde ich es vorziehen, zu den Alten zu zählen statt zu den Senioren. Jedenfalls werde ich schön passiv sein. Passivität ist ein erfreuliches Wort – für Pädagogen, Psychologen und gefechtsmäßig ausgerüstete Freizeitaktionisten hat es einen bösen Klang. Auch das ist gut.

Vielleicht werde ich sogar das tun, was für Aktivitätsfanatiker das Verbotenste überhaupt zu sein scheint: einfach nur dasitzen und auf den Tod warten. Mir erscheint das ziemlich klug. Nahezu jede menschliche Beschäftigung zieht mehr Unheil nach sich, als dazusitzen und auf den Tod zu warten. Was also ist so schrecklich zum Schluchzen daran?

Einstweilen aber sitze ich noch hier herum und übe mich im Nichts. Träge fließt der Strom durchs Bild, hin und wieder treibt die Leiche eines Feindes vorbei. Man muß gar nichts dazu tun, nicht zielen, nicht schießen. Sie machen sich alle hübsch selber fertig. Ich bin sicher, es hat mit Mangel an Nichtstun zu tun.

Über die Wahrnehmung

Seit einiger Zeit spielt mir meine Wahrnehmung Streiche: Sie ist ein wenig überreizt. Zur Erklärung resp. Entschuldigung kann ich immerhin geltend machen, daß ich Untermieter einer Lyrikerin bin; so was haut mächtig auf die Sinne. Nicht nur die Ohren sind betroffen, sondern auch die Augen schon lyrisch aufgepeitscht: Auf dem Weg zum Wannenbad z. B. passiert man das Bügelbrett der Lyrikerin, auf dem seit Wochen schon ein Buch von Alice Miller liegt: Abbruch der Schwiegermutter.

Abbruch der Schwiegermutter? - Ich wurde stutzig: Würde Alice Miller ein Buch mit dem Titel »Abbruch der Schwiegermutter« schreiben? - Leider nein, und das Buch heißt ja auch bloß »Abbruch der Schweigemauer«.

Am Schaufenster der Neuköllner Konditorei Schmitz - Eigenwerbung: »Backideen & Snackgenüsse«, es könnte aber auch problemlos »Snackideen & Backgenüsse« heißen - fand ich ein handgemaltes Schild folgenden Inhalts: »Für Ihr lesbisches Wohl ist gesorgt«. Ich traute dem Braten nicht, denn Neuköllner Konditoreien sind nicht ganz das, was man sich als Treffpunkte gleichgeschlechtlich orientierter Mitmenschen vorzustellen hat; schon gar nicht sind sie, im Jargon meiner Lyrikerin gesprochen, »Szene-Treffs für Kampflesben«. Und tatsächlich erkannte ich auf den zweiten Blick, daß nicht mein lesbisches, sondern mein leibliches Wohl Ziel der Sorge von Neuköllner Konditoreien ist.

Bei einer Reise durchs Weserbergland besuchte ich u. a. auch die Städte Boffzen und Rinteln; in meiner Wahrnehmung aber waren das Verben: boffzen und rinteln. Ha! Wäre das nicht auch etwas für die Rubrik »Harte Welle« in den Stadt-

illustrierten: Junger Mann wünscht nach allen Regeln der Kunst gerintelt zu werden. Anschließendes boffzen nicht ausgeschlossen?
Bedröppelt schlich ich zurück, zur Lyrikerin. Sie tröstete mich, indem sie mir erzählte, sie habe es auch nicht leicht: Sie leide unter Gesäßkranzerweiterung. »Aah, verstehe«, sagte ich. »Zellulose.« Und alles war gut.

Brot und Gürtelrosen

Ein Stoßgebet

Angeblich ist ja Frühling, *springtime*, laue Luft und blaues Band, aber nichts davon ist wahr: Alle Menschen schniefen, alle Nasen triefen. Und mein Obermieter hat sich sogar eine Gürtelrose zugezogen bzw. angeschafft, wahrscheinlich nur aus Eitelkeit, um mich, den Grippekranken, leidensmäßig alt aussehen zu lassen und auszustechen.

Dennoch pflege ich ihn, den wrackigen Mann, von Herzen, wurde ich doch im Zivildienst zum Arbeitersamariter ausgebildet und weiß seitdem, wonach es den Patienten als solchen dürstet: Eine strenge Oberschwester, ein Dragoner, das ist es, was die Jungs auf Touren bringt, und wenn ich, in bretthart weißgestärktem Kittel mit nichts drunter, also quasi die Verheißungen des ganz Anderen, Besseren, ja Utopischen im Blochschen Sinne verkörpernd, meine guten Werke verrichte, dann ist - viel hilft viel - Genesung garantiert.

Gerade eben wieder zurrte ich Dutt und Schwesternhäubchen fest, um meinem Schutzbefohlenen auch tüchtig helfen zu können, als es an der Tür Sturm klingelte: Gisela, Gingko und Gumhur Güzel begehrten Einlaß, Unterhaltung und Getränk. Mit der mir eigenen Diskretion hatte ich das teuflische Gebrechen meines Obermieters binnen nur weniger Sekunden ausgeplaudert, und Gumhur Güzel, die Küche systematisch und routiniert nach Schnaps absuchend, krähte fröhlich: »Kenn' ich, von Umberto Eco: Der Name der Gürtelrose.« Während ich mir noch heuchlerisch Witze auf Kosten von Kranken verbat, war der Faden längst aufgenommen und weitergesponnen worden: »The Gürtel Rose of Cairo«, juchzte Gisela Güzel vergnügt, und dann war kein Halten mehr: Axl Gürtelrose und seine »Guns 'n' Gürtelroses«, »Ich hab' dir nie einen Gürtelrosengarten versprochen«, »A Gürtelrose is a Gürtelrose is a Gürtelrose«, »Die Männer von der Pondegürtelrosa« usw. schnatterte es wüst durcheinander, »leg doch mal paar Platten auf, von Marianne Gürtelrosenberg, oder La vie en Gürtelrose«, rief Gumhur, der Siebenbierhomosexuelle, und Gisela Güzel, wie immer, wenn angeschickert, ins Feministische spielend, krakeelte: »Brot und Gürtelrosen!« Und trank noch einen, auf den weiblichen Widerstand, Sophie Scholl und alles: »Die weiße Gürtelrose lebe hoch!« Tränen vor Rührung über sich selbst in den Augen, skandierte nun auch der lädierte Obermieter munter mit. Und dann verbrüderten und verschwisterten sie sich, daß es eine Art hatte – und ich, ich hatte die Arbeit.

O Herr, laß endlich Frühling werden – auf daß der Unfug weiche aus meiner bescheidenen Hütte.

Die Panda-Peepshow

Zu Ostern fand die Berliner Bevölkerung nahezu ideale Paarungsbedingungen vor: vier Tage frei bei naßkalter Witterung - ganz prima hätten sie alle in ihren Bettchen bleiben können, kuscheln, sich löffeln, unter der Decke aneinander krabbeln, das Ranrobbensterben verhindern helfen, die ganze Richtung.

Doch der Berliner, er ist nicht so: Sich wechselseitig lauter freundliche Dinge tun, das behagt ihm nicht - er liefe ja auch Gefahr, sonst eventuell seine schlechte Laune zu verlieren.

So also wuchteten die Berliner wie gewohnt ihr unruhiges Fleisch aus den Betten und machten die Stadt mit sich voll. Gleich knapp hunderttausend von ihnen ließen sich durch einen besonders krassen Fall von Sextourismus nur allzugern in den Zoo locken: Yan Yan, eine neunjährige Pandabärin, war von Peking nach Berlin verschleppt worden, um Bao Bao, einem seit elf Jahren im Zölibat lebenden Pandamännchen, demnächst zu Willen zu sein, und das, obwohl Bao Bao einschlägig als sexuell aggressiv bekannt ist: Nach dem zoologisch ausgeheckten Versuch, ihn in London mit einer Pandabärin namens Ming Ming zu paaren, mußte jene aufgrund von Tatzenhieben und Bissen vom Veterinär behandelt werden.

Dasselbe Schicksal droht nun auch der Leihmutter in spe Yan Yan, und exakt diese Aussicht lockte die Berliner in fast sechsstelliger Zahl vor die Tür. Zugeführt - anders kann man das nicht mehr nennen - wurde die junge Pandabärin ihrem rohen Gatten vom ideellen Gesamtberliner: Eberhard Diepgen, bekannt als »Das Diepgen«, machte persönlich den Luden und rühmte sich, schon im Flugzeug ausgerechnet eine Möhre an

Yan Yan verfüttert zu haben; der Phallokrat verstieg sich sogar zu dem Versprechen gegenüber der Berliner Bevölkerung, daß es diesmal mit der Fortpflanzung bei den Pandas »garantiert klappen« werde. Da wird aus dem regierenden der erigierende Bürgermeister, der, wenigstens in seiner Phantasie, einmal etwas anderes hochkriegt als den rechten Arm.
Bao Bao aber sitzt nur da und macht es frei nach Robert Gernhardt: »Der Pandabär, der holt sich munter/einen nach dem andern runter.« Und die Berliner peepen und kieken, als wär es auf Wiejo, und dann begneisen sie ihre Ehemänner und Ehefrauen und denken: Hähähä, dir werd' ich's heute mal wieder so richtig nicht besorgen, hähähä ... Aber *warum* die Berliner lieber Tieren auflauern, um ihnen beim Ficken zuzugucken, als es selbst zu tun, das ahnt wohl nicht einmal Oswald Bolle.

Späte Rache oder:

The Köln Concert

Einmal, ein einziges Mal nur in diesem Leben, schrieb ich einen Text aus persönlich motivierter Rachsucht, und Grund zur Rache hatte ich, Grund zur Rache an Keith Jarrett. Nicht an Jarrett als Person allerdings, sondern an einem seiner Werke: an der 1976 erschienenen Doppel-LP »The Köln Concert«. Dieser in Schwarz-Grau-Weiß gehaltene Tonträger, auf dem Cover einen schwer auf innerlich gestrickten Mann zeigend, hatte schlimme Auswirkungen.

Fünfzehn war ich, als »The Köln Concert« erschien, und verfügte und gebot über einen sog. *Freundeskreis*; ein Wort, das beinahe wie *Bibelkreis* klingt, und in genau einen solchen verwandelte sich dieser *Freundeskreis* eben auch schlagartig, nachdem jenes Werk ihn erreichte, infizierte und durchdrang.

Zuvor war man, fünfzehnjährig, wie man vor sich hin dölmerte, ein den Dingen des Lebens durchaus zugetaner junger Mensch, ja Jugendlicher gewesen. Auf Flokatis hatte man, so war es 1976 Pflicht, herumgelegen; unter jenen hirtenhundartigen Teppichen, von Müttern als »Staubfänger!« gefürchtet und verständnislos gehaßt, befanden sich gern einige möglichst silberfischverseuchte blau-weiße Matratzen vom Sperrmüll. Räucherkerzen glommen und müffelten vor sich hin, Sandelholz, Patschouli, und was sonst noch streng roch. Unbedingt erforderlich war auch ein braunes, getöpfertes Teeservice mit natürlich henkellosen Täßchen und einem Stövchen, auf dem eine Kanne mit aromatisiertem Tee, oft leider sogar in der Geschmacksrichtung bzw. wohl eher Geschmacksverirrung Vanille, zu stehen hatte, um die herum-

gruppiert man auf eben jenem Flokati möglichst cool, freakig und lässig herumlag; die als etwas spießiger empfundene Variante zum weißen Webfellteppich war die – von Mutter oder Omma – gehäkelte Patchworkdecke, die dann als, auch ein schönes Wort, sog. *Tagesdecke* auf dem Bett des *Jugendzimmers* ausgebreitet lag.
In diesen in stundenlanger Kleinarbeit auf locker und unaufgeräumt getrimmten Kemenaten also lungerte man herum; einmal hatte man sich sogar für zwanzig Mark vom Bahnhof auch etwas ganz besonders Schönes mitgebracht: ein kleines Päckchen oder Tütchen, und als man es zu Hause öffnete, durfte man feststellen, daß zwei Gramm Currypulver recht teuer sein können. Selbstverständlich sah, wußte und roch man, was man sich da hatte andrehen lassen als grüner Junge; nichtsdestotrotz krümelte man sich tapfer das Currypulver in die Zigarrette. Bedeutungsvoll zündete man sie an und inhalierte tief; nach sekundenlanger schwerer Stille ächzte man »O Alter ... günstig«, und gab den angeblichen Joint dann weiter an die anderen, die jetzt ihrerseits in Zugzwang kamen; zwar wußten auch sie ganz genau, was die Zigarette enthielt bzw. eben nicht enthielt, mochten sich aber keine Blöße geben – nein, wenn der stoned war, dann waren sie es schon lange, und so lagen am Ende eben alle auf dem Kreuz als eine Art Leistungskurs Buddhismus, die Augen geschlossen und vor lauter Autosuggestion schon selbst glaubend, daß sie den Adler kreisen sähen.
Aber auch andere Dinge tat man; z. B. hatte ich mit fünfzehn ein Mofa der Marke *Rixe*, Modell »High Sport«, das ich natürlich *spitzgemacht* hatte, wie das hieß: anderes Ritzel drauf, kleinere Vergaserdüse und einen Klasse 5-Krümmer drunter; einmal wurde ich mit 57 km/h bergauf von den Wachtmeistern gestoppt, konnte aber glaubhaft versichern, ich wüßte auch nicht, wie das käme ... tut mir leid ... ich habe das so gekauft ... äähh ... *ab Werk*.

Mit diesem Mofa aus der Fahrrad- und Mofafabrik *Rixe* in Bielefeld-Brake knatterte ich fröhlich durch die Gegend; ich wohnte damals in Bielefeld-Altenhagen und besuchte den bereits o. g. *Freundeskreis*, der in eben Brake, Heepen, Oldentrup, Hillegossen, Stieghorst, Kusenbaum, Jöllenbeck, Vilsendorf, Knetterheide oder Milse beheimatet war - allesamt Ortschaften, die so sind, wie sie heißen. Kaum aber hatte ich mein jeweiliges Ziel erreicht und das *Jugendzimmer* betreten, bot sich 1976 das immergleiche Bild des Grauens: Ein junger Mann oder eine junge Frau lag, mit dem Gesicht nach unten, auf Flokati oder Patchworkdecke, und dazu lief Keith Jarrett, »The Köln Concert«, fast immer die dritte Seite, auf der Jarrett heftiges Fußetrampeln und noch heftigeres Atmen in die Klaviermusik einführte. Dagegen war ja auch gar nichts zu sagen, aber Jarretts elegisches, kunstgewerblerisches Spiel hatte eben auf die jungen Menschen die furchtbarsten Auswirkungen: Schlug man, während diese Platte lief - und sie lief quasi immer - egal was vor, so erhielt man chronisch die Antwort: »Ach nee ... mir geht's heut' nicht so gut«, tönte es aus der wie waidwund oder todesmatt herumliegenden Gestalt, »ich weiß auch gar nicht, wer ich bin.« So sprachen Fünfzehnjährige, und schon damals schwante mir, während ich eher fassungslos in einem Türrahmen stand und meinen Sturzhelm in der Hand drehte, daß es keine gute Idee ist, wenn Deutsche nach ihrer *Identität* suchen: Entweder langweilen sie sich selbst und andere damit zu Tode, oder aber die Sache endet in Stalingrad.

Erst Jahre später, man hat ja als Schriftsteller in Deutschland *verletzlich*, wenn nicht *verwundbar* zu sein, konnte ich die mir 1976 zugefügten *Verletzungen* und *Verwundungen* bewältigen; 1985 war es, ich wohnte mittlerweile längst in Berlin (denn das war dann Anfang der 80er quasi Pflicht), schleppte mein damaliger Obermieter einen CD-Spieler und mehrere CDs an; im Sortiment hatte der geschmacksfreie Emigrant aus dem Rumänischen nicht nur alles von Pink Floyd und Genesis, sondern auch – genau: »The Köln Concert« von Keith Jarrett. So erfolgreich verdrängt hatte ich jenes Werk und seine fatalen, ja beinahe letalen Folgen, daß ich dem Angebot, da »mal reinzuhören«, bereitwillig zustimmte; kaum aber war die CD bei der ehemaligen Plattenseite drei angelangt, griff ich, ohne zu wissen, was und warum ich es tat, nicht etwa zu einem Joint, sondern zur Whiskykaraffe. Wiederholungen des Tests zeitigten stets dasselbe Ergebnis: Keith Jarrett, »The Köln Concert«, Seite drei: hastiger, ja panischer Griff des Probanden zur Karaffe.

Tief, ja metertief mußte ich graben und buddeln, bis meine *inneren Verkrustungen* aufbrachen und ich sie *aufarbeiten*, ja aufessen bzw. sogar aufwischen konnte: In nur acht Zeilen faßte ich die immerhin knapp 80 Minuten dauernde Doppel-LP zusammen – ein Verfahren, das auch beleuchtet, was ich seitdem unter dem Begriff »Gerechtigkeit« verstehe:

Schwarze Tasten, weiße Tasten
Töne, die das Herz belasten
Hände, die nicht ruh'n noch rasten
Hasten über Tasten, Tasten

Junge Menschen wurden Greise
Wenn Keith Jarrett klimperte
Auf dem Flokati litt ganz leise
Wer vorher fröhlich pimperte.

Über den Mißbrauch des Sommers

(featuring Mister Neil Young in der Berliner Waldbühne)

Jedes Jahr ist es dasselbe: Kaum, daß die Witterung sich so benimmt, daß sie nicht mehr für sich in Anspruch nehmen kann, angenehm kühl und frisch genannt zu werden, werfen die Bewohner des Landes den dünnen Firnis der Zivilisation von sich. Das bißchen ihnen mühsam beigebogene ästhetische Grundempfinden, jedwede Zurückhaltung, ihre Kleider – alles pfeffern sie in die Ecke und finden das toll.
Wer den Mut hat, hinzusehen, kriegt eine Menge geboten: Achselhöhlen, aus denen Ako-Pads-Artiges naß herauswuchert als Mahnmal für die Salinen von Salzuflen; Frauenbeine, so wollig behaart wie Hobbitfüße; Unterwäsche, aus der ultrahocherhitztes Dörrfleisch quillt. Den Gipfel der Schöpfung aber reklamiert wie üblich der Mann für sich: Bereitwillig und geradezu prahlerisch zeigt er seine mit Riemchensandalen nur ungenügend bedeckten Mauken vor, deren Hornhaut bevorzugt ins Uringelbe spielt. Die Nägel der großen Zehen sind für gewöhnlich eingewachsen und kaum geschnitten, so daß dem heroischen Betrachter auch die Ablagerung unter den Fußnägeln, meist eine grünlichbräunliche Substanz von streichfähiger Konsistenz, nicht verborgen bleibt. Wer morgens gleich als erstes eine Begegnung dieser Art durchzustehen hat, der verliert den Glauben, daß aus diesem Tag noch etwas werden könnte; die aber, denen man da begegnet, blühen regelrecht auf und feiern ihr Dasein mit frohen Werken.
Dummerweise aber bleibt der Sommerfreund nicht unter sich und seinesgleichen; es drängt ihn vielmehr, sich auch anderen zum Geschenk zu machen. Und so geschieht es, daß

selbst ein Konzert von Neil Young zu einer netten kleinen Vorhölle werden kann, was nicht an Neil Young liegt, den ich trotz eines denkwürdig scheußlichen Abends auch weiterhin verehren werde. Mister Young tritt mit den Musikern von »Pearl Jam« auf, die veritablen schönen Lärm zu machen in der Lage sind; einer der Musiker erscheint allerdings in nur knielangen Hosen auf der Bühne. Warum Neil Young ihn nicht auf der Stelle erschießt, wird mir ewig ein Rätsel bleiben.

Wenn schon seine Mitstreiter nicht in der Lage sind, ihm Respekt und Reverenz zu erweisen, darf man sich über den desolaten Zustand des Publikums nicht wundern. Überall in der Stadt scheint man große Steine umgedreht zu haben, unter denen hervorkrabbelte, was sich jetzt in der Waldbühne versammelt. Tausende von nackten Männerbeinen und -füßen muß man betrachten, deren Besitzer zwar behaupten, Neil Young und seine Musik zu mögen, aber nicht in der Lage sind, wenigstens vollständig angezogen, geschweige denn in ihrer besten Garderobe zum Konzert zu erscheinen. Dicke dicke Tüten werden gerollt, weil es unheimlich wichtig ist und dazugehört, bei Neil Young einen durchzuziehen, obwohl der eben kein stumpfer Hippie ist, sondern, neben vielen anderen Verdiensten dieses hat, der erste Langhaarige gewesen zu sein, der begriffen hatte, was Punk ist: »The King is gone but he's not forgotten/This is the story of Johnny Rotten« sang Neil Young in »Hey hey, my my«. Er singt es auch an diesem Abend in der Waldbühne, ohne Band, nur von seiner Gitarre begleitet; augenblicklich beginnt das Publikum, mit- und das Stück in die Leichenstarre zu klatschen; woher dieses Volk den festen Glauben nimmt, es stünde - intellektuell, moralisch oder sonstwie - über der Klientel, die beim »Musikantenstadl« mitpatscht, weiß Gott allein.

Auch »The needle and the damage done« wird der Vergewaltigung durch die Claque unterzogen; mit zornigem Pathos wünscht man, das Blut aller toten Junkies möge über sie kommen. Neil Young immerhin ermuntert niemanden, sich schlecht zu benehmen. Zwar sagt er gleich zweimal »It's great to be back in Berlin«, aber das war's dann auch schon; das übliche »especially, since the Wall came down«, mit der vor allem amerikanische Musiker sich in Berlin so gerne anbiedern, unterbleibt. Das Publikum aber benötigt keine Einladung, um sich zum Kasper Nullhorn zu machen: Gleich neben mir macht ein Pärchen Bewegungen, die es sicher als »Tanzen« deklarieren wird, die aber eher an Aerobic-Übungen mit Jane Fonda erinnern. Und weil die Bühne, auf der Neil Young seine Akkorde scheppert und nölig singt, so weit weg ist, ist das Gewürge um einen herum um so vieles präsenter als das eigentliche Konzert. Der Musiker Neil Young verblaßt hinter dem gesellschaftlichen Ereignis Neil Young in der Waldbühne, und den Leuten gefällt das auch noch. Genau dafür hasse ich sie: daß sie nicht ein einziges Mal, nicht einmal dann, wenn Neil Young für sie singt, die Klappe halten und einfach zuhören können, sondern daß sie, egal wo sie sind, immer nur sich und ihre eigene Beschränktheit abfeiern. Ich hoffe, sie bekommen davon schreckliche, nässende, eitrige und juckende Krankheiten.

Wenn Köpfe platzen

Eine Butterfahrt Richtung 1989: Beim *Spiegel*-Gespräch »Was aus den Träumen wurde« in der Berliner Humboldt-Uni lebte noch einmal alles auf, was an der DDR so unangenehm war

»Es gibt nichts Peinlicheres als einen DDR-Bürger«, hat Hans Magnus Enzensberger einmal schön und richtig formuliert. Der Satz kann modifiziert werden: Es gibt nichts Peinlicheres als einen ehemaligen DDR-Bürger, der sich Jahre nach dem Ende der DDR so aufführt, als gebe es die DDR noch. Oder knapper: Es gibt nichts Peinlicheres als einen DDR-Bürger ohne DDR.

Von dieser Spezies waren gleichwohl viele, viele hundert gekommen am 30. 10. 1994, um gemeinsam noch einmal den November 1989 zu simulieren, und so heterogen sie auch waren, gleich unangenehm waren sie alle: Kopfjäger-Bürgerrechtler, alte Stasis, PDSler und sog. »Kulturschaffende« wie z. B. Käthe Reichel, Leute also, denen alles Bühne ist und die jeden, der ihnen in die Hände fällt, als Publikum mißbrauchen.

Brechend voll war das Audimax, in den Gängen rieben sich Menschen aneinander, nicht selten bekam man von einem Hintermann warmen Atem in den Nacken geblasen. Die vernünftige Bitte des Veranstalters, die vollgestopften Gänge doch bitte frei zu machen, wurde mit Hohngelächter quittiert: »1989 ging das auch!« hieß es pampig. Wer sich erst mal das Menschenrecht erkämpft hat, ein Kotzbrocken zu sein, der hält für immer daran fest.

Eingeladen hatte der *Spiegel*, der im Osten kein Bein an die

Erde bekommt und dem im Westen die Felle davonschwimmen, u. a. wg. *Focus*, dessen Chefredakteur Markwort Woche für Woche stolz berichtet, wie tief er diesmal wieder im Kanzler stak. *Spiegel*-Chefredakteur Hans Werner Kilz, der den Abend eröffnete, hatte das Prinzip Markwort sichtlich begriffen: Derart glibbrig ging er der Klientel in spe um den Bart, daß davon sogar den Ostlern, denen ja so leicht nichts peinlich ist, blümerant wurde. Eins aber hatten die Anwesenden von früheren Parteiveranstaltungen her noch im Kopf: Beifall kann eine Waffe sein. Als Kilz aus PR-Gründen auch noch bei der von seinem Blatt ja sonst eher geschmähten PDS schleimte, wurde er einfach totgeklatscht.

Auf dem Podium sollten dann, von den krawattierten Journalistendarstellern Ulrich Schwarz und Gabor Steingart betreut, Lothar Bisky, Bärbel Bohley, Manfred Gerlach, Jens Reich, Steffi Spira und Markus Wolf natürlich möglichst »kontrovers« debattieren; zunächst aber durfte man sich per Videobeam noch einmal die Phrasen vom 4. November 1989 in Kurzform zu Gemüte führen. Steffi Spira: »Man darf nie niemals sagen ... Wer seine Lage erkannt hat, wie sollte der aufzuhalten sein ... Und aus niemals wird: heute noch!« Für diesen brechtsch gefärbten Kitsch wurde die Schauspielerin damals bejubelt, und auch an diesem Abend juckte es viele in den Fingern, zumal Frau Spira denselben Stiefel wie damals erzählte. Zu den Vorgängen im Herbst 1989, die zum Ende der DDR führten, konnte und wollte sie nichts sagen.

Auch der HVA- und KGB-Mann Markus Wolf, der mehr hätte verraten können, gab sich ganz als Privatier; wann immer man Wolf zuletzt auftreten sah, machte er auf nachdenklichen, soignierten *elder statesman*: ein selbstgefälliger Sack, der den Schriftsteller raushängen läßt und sich als Justizopfer spreizt. Einen »symbolischen Prügelknaben« nennt er sich selbst, da immerhin lachen ein paar, aber das sind bloß die Bürgerrechtler, die nichts auf der Pfanne haben als die Moral von der Stange, und denen erst jetzt langsam dämmert, daß »Unrechtsstaat!« grölen allein auch nicht reicht. Ihre historische Rolle ist abgespielt, das Rührstück »Wer ihn kennt, nimmt Dissident« wird nicht mehr gegeben, und selbst Jürgen Fuchs alias »IM Sulfrin« gibt in der *taz* vom 31. 10. 1994 in der ihm eigenen selbstloberischen Diktion zu, daß er am Ende ist: »Lieber aufrecht im Abseits stehen als verlogen im grellen Rampenlicht der Wahlpartys.«

Auf der Bühne ist die Fraktion der blökenden Bürgerrechtler sehr gut durch Bärbel Bohley vertreten. Daß Schwester Bärbel das Rad ab hat, ist ja nichts Neues; den gleichermaßen rührseligen wie egomanischen Quatsch, den sie an diesem Montagabend erzählte, muß man aber doch rapportieren: Vom »Aufbruch in jedem von uns« spricht sie, vom »Gefühl, es muß sich was ändern«, und missionarisch droht sie: »Ob das nun mißbraucht wird oder nicht, ich rede trotzdem«, und genau das tut sie dann auch. Wenn Bärbel Bohley spricht, dann weiß man: Jesus lebt. Und weil ihr das Kleinmädchenpathos so gar nicht mehr zu Gesicht stehen will, tut sie einem sogar ein bißchen leid.

Ihr Bürgerrechtskollege Jens Reich geht entsprechend auf Distanz. »Die Leute wollten keine Pastorenpartei«, begründet er nüchtern die Bedeutungslosigkeit des *Neuen Forums*; Reich ist überhaupt der einzige an diesem Abend, dem man wenigstens partiell einen klaren Kopf attestieren kann. Das muß man sich einmal vorstellen: Eine intellektuelle Debatte, aus der einer als Sieger hervorgehen kann, der in der *Zeit* einen Artikel mit der Überschrift »Die Ohnmacht der Allmächtigen« schreibt, die ja genausogut »Die Allmacht der Ohnmächtigen« heißen könnte; vom »Betonstaat DDR« ist da noch die Rede – »Sackkarrenstaat« bzw. »Kaltleimstaat« hätte auch prima gepaßt. Nein, seltsamerweise trumpft Jens Reich geradezu als kopfmäßige Größe auf. Er fordert, die DDR »analytisch, nicht emotional« zu betrachten; und lächelt ganz milde, als ausgerechnet Bärbel Bohley ihm heftig zustimmt, die doch nicht einmal ahnt, was eine Analyse ist. Bzw. glaubt, das sei der Kram, der im Fußball-TV immer dafür ausgegeben wird: »Ja, wir haben das Einsnull gemacht und gehalten.« – »Danke für die Analyse.« Bevor ich mich aber restlos in Jens Reich verliebe, spricht er dann doch noch einmal so, wie man's von ihm kennt: »Wir müssen ein ganz neues Lebensgefühl entwickeln. Ich hoffe auf eine neue Generation, bei der es in den Köpfen genauso platzt, wie es 1989 in den Köpfen geplatzt ist.« Er wäre ein guter Weizsäcker geworden. Schade eigentlich.

Irgendwann ist auch Lothar Bisky dran, der PDS-Hütehund, und es ist kein Wunder, daß es ein Vertreter dieses Vereins ist, der den größten Unsinn des Abends erzählt: »Biographien wurden und werden zerstört«, sagt er treuherzig, obwohl er doch wissen müßte, daß Biographien Bücher sind. Das klingt aber schön groß und ist auch so günstig vage: Biographien bzw. zerstörte Biographien. Zwar hat mir keiner wirklich was getan und mein Leben ist auch gut und schön, aber meine Biographie ist trotzdem zerstört. So dröhnt er daher, der Ostler, da fühlt er sich so richtig, und zwar so richtig wohl: Willkommen im eigenen Saft. Und wenn noch einer von Biographien daherrhabarbert und damit nur sich selbst und seinesgleichen meint, dann soll folgendes geschehen: 16 Millionen Ostdeutsche werden eingebunden, als Bücher; manche in Leinen, und die, bei denen es besser paßt, in Schweinsleder; oben gucken die Köpfchen raus und unten die Füßchen, und so trippeln sie herum, die Damen und Herren vom Biographien-Hühnerhof.

Wo Bisky ist, da ist auch Gregor Gysi nicht weit, und von Gysi ist es nur ein winziger Schritt zu Kerstin Kaiser-Nicht. Zwar sind beide physisch nicht anwesend, aber beim Thema Stasi steigt zur Freude der *Spiegel*-Leute die Aufgeregtheit im Saale noch einmal. Frau Kaiser-Nicht, Typus kleine Petze, hatte über Kommilitoninnen höchst Wissenswertes berichtet: Manche trugen – huch! – keinen BH, andere schummelten in der Prüfung. Nicht aber dafür wurde sie geschaßt, sondern aus taktischen Erwägungen: Die PDS zeigt die Sauberhändchen vor. Über diesen Waschzwang und die Anbiederei als »demokratische Partei« soll nun auch Gysi stürzen. Wen würde es jucken, wenn der glatte Talkshowmann auf die Nase fiele? Wen außer Stefan Heym, der an diesem Abend leider fehlte – seine Mixtur aus Alzheimer und Eitelkeit hätte in die Muffbude klasse hineingepaßt. Und wen außer natürlich Bisky, der sagt: »Ich glaube Gregor Gysi«, als trete er soeben den Kirchgang an. »Die PDS ist noch nicht im Zustand einer normalen politischen Partei«, sagt Ulrich Schwarz vom *Spiegel* später, und da sind dann alle, sogar die PDS-Gegner, sauer, denn von einem aus dem Westen läßt man sich nichts erzählen, die lügen sowieso alle. In diesem Fall stimmt's sogar: Wer mir irgend etwas zeigen kann, in dem sich die PDS wesentlich von den Grünen, der FDP oder der SPD unterscheiden kann, dem schenke ich Geld.

Irgendwann, nach mehr als zweieinhalb Stunden, ist das feuilletonistische Gegacke endlich vorbei. »Ich habe eigentlich unwahrscheinlich viel gelernt«, behauptet das Schlußwort – es stammt von Frau Bohley. Der Wer-ist-der-Ekligste-Wettbewerb geht unentschieden aus; auch das Publikum kann davon nicht ausgenommen werden: »Und was ist mit den Opfern des Faschismus?« hatte natürlich auch noch einer in den Raum gedumpft, und Manfred Gerlach landete darauf den schönsten Versprecher des Abends: »Widerstandskäfer«. Ja, die mußten auch noch zum 100 000sten Mal in die Waagschale.

Sollte noch einmal jemand vom »Geschenk der Wiedervereinigung« predigen: Was die beschworene »deutsche Einheit« bedeutet, erfährt man an nichtsnutzigen Abenden wie diesem.

Der Haushitler

Es gibt Menschen, die haben ein klar umrissenes Verhältnis zur Macht: Sie wollen sie haben. Mit beiden Armen rudern sie die Macht an sich und türmen und häufen sie vor sich auf. Sie werden Abteilungsleiter, Direktor, Richter oder Vorsitzender von egal was, Hauptsache, sie sind Vorsteherdrüse. Manchmal beneide ich solche Menschen beinahe, denn bei mir ist an dieser Stelle ein blinder Fleck, absolute Fehlanzeige; der Gedanke, von irgend etwas Chef zu sein, verursacht bloß schlechte Stimmung und Schweißausbruch. Zum Herrenmenschen kann ich mich einfach nicht aufraffen; ich bin zu faul dazu.

Nur einen autoritären Ehrgeiz habe ich: Herr über meine Gedanken will ich sein. Das ist gar nicht so einfach, denn die Burschen sind rührig. Ständig schweifen sie ab. Jemand sondert gerade sein politisches oder sonstwie Glaubensbekenntnis ab? »Äääh – 'tschuldigung, wie war das noch mal?« Immerzu sind die Kameraden unterwegs, und ich habe nichts als Scherereien davon. Schluß jetzt, Gedanken – hier wird stillgehalten, rufe ich mich zur Ordnung und mache mir selbst den Haushitler, aber so richtig: Strammstehen lasse ich sie, die sauberen Damen und Herren Gedanken! Hahahahaha! Der rechte Winkel ist keine geometrische Figur – er ist ein Lebensprinzip! Und dann wird gesungen: »Alles, was der Mensch braucht, ist ein Planquadrat, damit er was zu planen hat ... Manchmal hat der Mensch Gedankengang, dagegen hilft ihm Chorgesang ...«, und dann hat man ihn wieder schön unter einem Hut, den Kopf.

Ich weiß, daß es Menschen gibt, die sogar politisch korrekt onanieren. Warum kann ich nicht zu ihnen gehören? Gerade wieder dachte ich an Ulrikes süßen Arsch: »Mmhmmm, lekker! - Aber das geht doch nicht! Das darf ich nicht tun! Damit reduziere ich Ulrike doch in Gedanken auf ihren süßen kleinen Aaaar...« - Haushitler hilf!

Die Strickjacke der Geschichte

Von London zurück nach Bonn

»In Deutschland ist die Erde eine Scheibe«, konstatierte der Schriftsteller Peter-Paul Zahl im *Freitag*; hierzulande sei man geradezu autistisch mit immer nur sich selbst beschäftigt, was, neben anderem, der Grund dafür sei, daß er es vorziehe, sein Leben in einem Teil der Welt zu verbringen, in dem es einen Horizont gibt, nicht bloß ein nationales Brett vorm Kopf.

Kurz nach der klaren Lektüre hob ich ab, nach London, und als die Maschine in Heathrow landete, war die Erde plötzlich wieder rund. In London schien man nicht dem Wahn zu frönen, an einer angeblichen nationalen Identität herumzugrübeln; dergleichen ist den Leuten dort offenbar viel zu langweilig und uninteressant. Man hat Notwendigeres zu tun; vielleicht sogar Klügeres? Und wie sollte man auch dem Glauben ans rassereine Vaterland anhängen, wenn man keinen Schritt tun kann, ohne mit so ziemlich sämtlichen Nationalitäten und ihren Landes- und Muttersprachen konfrontiert zu werden? Wenn man bei jedem Blick ins Runde alle denkbaren Hautfarbschattierungen sieht: diverse gelbe und rötliche, viele verschiedene braune und schwarze, und natürlich auch eine Farbe, deren Träger sich seit Ewigkeiten für Vertreter der weißen Herrenrasse halten, obwohl ihre Haut doch eher zwischen fleischwurstfarben, wächsern und grau changiert?

Die mörderische Entschuldigung, die aggressiven deutschen Rassisten ständig ausgestellt wird, daß sie nämlich eine »berechtigte Angst vor Überfremdung« hätten und deshalb dem für sie unerträglichen und sie bis aufs Blut provozierenden Anblick des Türks, des Negers, des Chinamannes usw. um

Himmels willen nicht ausgesetzt werden dürften, wird schon bei einem kurzen Schlür durch die einst sülzig von Ralph McTell besungenen *Streets of London* ad absurdum geführt: Genau die vielbeschworene »Ausländerschwemme« und die hysterisch beschriene »Asylantenflut« sind das probate Gegengift zum Gefasel von Rasse und Nation; Tür und Tor öffnen, die Leute ins Land lassen, wobei man ihnen selbstverständlich die deutsche Staatsbürgerschaft anbietet, d. h. sie de facto und de jure gleichstellt mit denen, die ein paar Jahre länger hier leben. Davon werden aus Rassisten und Nazis nicht vernunftbegabte Mitglieder der menschlichen Gemeinschaft, bloß würden sie sehr deutlich vor Augen geführt bekommen, auf welch verlorenem Posten sie stehen. Sie hätten sich schlicht damit abzufinden, daß sie ihre falschen Vorstellungen vom Leben und von der Welt für sich behalten müßten; lernen sie das nicht auf die milde Tour, dann auf die harte: Eine querbeet gemischte Ordnungseinheit, in der sich Mitglieder aller im Lande lebenden Nationen, also u. a. auch Deutsche befinden, nimmt sich Berufsdeutsche zur Brust, die sich an die simple Selbstverständlichkeit, daß man niemanden aufgrund seiner zufälligen Zugehörigkeit zu einer Nation angreifen darf, nicht halten können oder wollen. Einzige Krux bei diesem schönen Plan: Wo findet man so großmütige Nichtdeutsche, die sich dafür hergeben, den Deutschen die Domina zu machen, die sie offensichtlich brauchen?
Aus London z. B. lassen sie sich sicher nur schwerlich weglocken. Denn dort erscheinen Zeitungen, deren Leser, statt ihre langweiligen Überzeugungen vor sich herzutragen, lieber leidenschaftlich die Frage diskutieren, ob sich eine Fliege, wenn sie an einer Zimmerdecke landet, schon lange vorher umdreht, also die Decke quasi auf dem Rücken liegend anfliegt, oder ob sie sich erst im allerletzten Moment umdreht. Es gibt Radionachrichtensprecher, die ihre Arbeit so auffassen und beginnen: »Hi, this is the eleven o'clock news. I'm Pe-

ter Bond, and you're not.« Und es gibt in alternative Tücher und Lappen gehüllte Frauen, die einem, wenn man am Soho Square entlangstromert, sauber geschältes und halbiertes Steinobst aufs Hemd werfen, einfach so, ohne Grund und ohne böse Absicht.

Und es gibt den Notting Hill Carnival, ca. anderthalb Millionen Menschen, die herrlich infernalischen rhythmischen Lärm verbreiten: Gegen Londons Regennässe / Bollern heute Negerbässe. »Easy blood, people, easy blood«, ruft ein Rapper von einem rollenden Sound System in die wogende Menge, die er zuvor mit einem weniger beruhigenden »don't forget / they may be polite / but don't forget / they still are white« gekitzelt hatte. Und wäre die Stimmung nicht nur einfach freundlich, ausgelassen und gut, es könnte, jenseits von Der-böse-Bimbo-aus-den-Blocks- und *Gangsta*-Firlefanz, wirklich mit bösem Blut abgehen: und tschüs, weißer Mann. Aber keine Panik, Neger: Ich werde mich nicht anbiedern, euch nicht und keinem anderen Salz der Erde, aber daß der White Man's Blues zügig ausgespielt sein wird, das merkt nur der nicht, der nichts mehr merkt.

Womit man wieder zurück ist, in Deutschland, wo die Erde eine Scheibe ist, bzw. eine Scheiblette. Bzw. eine Boulette, wie in Berlin; weshalb man sogar froh ist, flink nach Bonn weiterzureisen. Dort steht das *Haus der Geschichte der Bundesrepublik Deutschland*, das der Bundeskanzler Helmut Kohl seinem Volk geschenkt hat. Zu sehen ist allerhand historisch beladener Krimskrams, aus dem folgendes zu schließen ist: Es gab Bismarck, es gab Adenauer, und es gibt Helmut Kohl. Ein bißchen Faschismus inklusive Weltkrieg und industrieller Massenvernichtung von Millionen Menschen gab es zwar auch, aber Schwamm drüber jetzt, denn viel schlimmer war, daß es auf deutschem Boden einen »Unrechtsstaat« gigantischen Ausmaßes gab, der aber vom Freiheitswillen der Menschen überwunden wurde unter Anführung des Mannes aus

der Pfalz, der sich wiederum einst mit seinem und aller Deutschen Freund, Michail Gorbatschow, traf, um den Deutschen ihr Vaterland, ihre Nation und ihre reine Rasse zurückzuschenken. Dabei saßen sie auf rustikalen Holzklötzen, damals auf der Krim, und trugen ganz legere Anziehsachen: Gorbatschow einen Pulli, und Kohl eine Strickjacke. Beide, Pullover und Jacke, sind samt Sitzklötzen in einer Vitrine nicht nur ausgestellt - sie sind Zentrum der Ausstellung. Genauer gesagt: Die Jacke ist der Mittelpunkt der Welt, die Originaljacke mit dem Originalschweiß des Originalkanzlers.
Auch deshalb ist die Erde in Deutschland eine Scheiblette.

P. S.: Zur Belohnung der tapferen Leserinnen und Leser noch ein erfreulicherer Bericht aus Bonn: Im dortigen *Pantheon* hatte ich das Vergnügen, gemeinsam an einem Abend mit der, obwohl aus Berlin stammenden, angenehm dezent und unrockig auftretenden Musikgruppe »Element of Crime« auf einer Bühne zu stehen. Ihr zur Ehre deshalb ein kleines Gedicht:

Wir kämen so gerne nach Hause
Und kommen bloß immer ins Heim
In dieser Stimmung tröstet uns
Das Lied von Element of Crime.

Gutsein mit Hitler und Stalin

Immer wieder freitags findet in der *FAZ* ein neuer Hitler-Stalin-Pakt statt. In der Wochenendbeigabe des Blattes nämlich gibt jeweils ein weshalb auch immer prominenter Mitmensch möglichst letzte Antworten auf allerlei brennende Fragen: Das Geheimnis seiner »Lieblingsfarbe« wird ihm dort entrissen, sein »Lieblingsvogel« ebenso investigativ aus ihm herausgemeißelt wie sein »Lieblingslyriker«, und seine »gegenwärtige Geistesverfassung« muß er auch preisgeben. »Wie möchten Sie sterben?« wird da découvrierend gebohrt und geprokelt, und beim 31. der 37 Topoi des *FAZ*-Fragebogens kommt die *Masterfrage*: »Welche geschichtlichen Gestalten verachten Sie am meisten?« Puuh, schwierig, wischt sich der Delinquent die Stirne, jetzt nur nichts falsch machen, das ist bestimmt eine Falle. Hmmh, »Mutter, die dumme Nuß«, schreibe ich da wohl besser nicht hin ... Aber dann – sawisch! – durchzuckt ihn der Weltgeist, und erleichtert gibt er zu Protokoll: »Hitler und Stalin.«
Genauso steht es dann da: Hitler und Stalin, punktum. »Und Mussolini« hat auch schon mal jemand ergänzt, der offensichtlich keine Operetten mag, und der deutsche Rennrodler Georg Hackl, den seine Dienstkleidung zwingt, wie eine gigantische Kondomfüllung auszusehen, brachte sogar ein erstaunliches »Hitler, Stalin und Honecker« zustande. Gemeinhin aber sind die Reihen tipptopp geschlossen: Exakt »Hitler und Stalin« werden, wie aus der Pistole geschossen, »verachtet«, daß es kracht. Davon werden sich die Buben wohl nicht mehr erholen.
Schade eigentlich, daß die *FAZ* keinen Wettbewerb ausschreibt: Wer verachtet H & S wirklich am allermeisten? Noch

schader, daß nie jemand hinschreibt: meinen Friseur, oder, wenn man schon beim Thema ist, vielleicht Matthias Ernst, den Erfinder der Tanzlehrerprosa. Oder Andreas oder Roman Herzog, Karl Moik, Hanni und Nanni, the list is long, baby … Und am schadesten, daß keine Verachtung übrig ist für all die, aus denen gleichermaßen besinnungslos wie opportun »Hitler und Stalin« herausquillt, als gäbe es keine Gegenwart, weil: Drunter tun sie's nicht, Hitler und Stalin müssen's schon sein; die beiden haben post mortem Karriere gemacht, als Gottseibeiuns, als die Glimmer-Twins des Gut- und Gratismenschen.

»Immer wieder sonntags kommt die Erinnerung, rabadabadapdap, rabadabadapdap«, sangen in den 70er Jahren Cindy & Bert in der ZDF-Hitparade. Oder waren's Nina und Mike? Im *FAZ*-Fragebogen jedenfalls sind es Adolf & Josef. Bzw. demnächst vielleicht sogar: Adi & Jupp?

Sommer, Sonne, Sozialismus

Müde und bedrückt hing ich im Sommer herum; heiß war's, und der Mitmensch taugte auch mal wieder nichts: Kellner herrschten einen an, daß es keinen Bordeaux zu trinken gäbe, »wegen der Umwelt«, und basta. Ich mied die Öffentlichkeit und legte mich in den kühlsten Winkel meiner Parterrewohnung, um in Ruhe ein wenig zu sterben.

Aus dieser Stimmung scheuchte mich Herr Becker auf, ein befreundeter Bonvivant, den noch niemals jemand ohne ein Glas Champagner in der linken und ein Hühnerbeinchen in der rechten Hand gesehen hat. Ein launiges »dufte Hütte hier« schmatzend, betrat er meine Räumlichkeiten und warf einen abgenagten Knochen hinter sich, in mein Bücherregal, um sogleich ein neues Stück Geflügel aus der Jackettasche hervorzuziehen und es mit ungemindert gesundem Appetit zu verzehren. »Komm, laß uns rausfahren, zum See«, rief der Bonvivant emphatisch, »Sommer, Sonne, Sozialismus, Schwimmen gehen und so weiter, komm mit: Lieber Schwänze lutschen als Trübsal blasen!«

Das überzeugte mich, und wir brachen auf, an den Liepnitzsee, nahe Wandlitz. »Wo Honecker gebadet hat?« fragte ich reißerisch. »Exactamiento«, antwortete Bonvivant B., dieser weltläufige und erfahrene Mann, »da hat sich's der alte Knabe gutgehen lassen.«

Während ich noch einwandte, »zu den FKK-Ossis« wollte ich aber »auf keinen Fall«, stupste Herr Becker mich bereits aus Hose und Hemd und ins Wasser, in dem ich herumpaddelte und plötzlich schnallte, was Sahra Wagenknecht meint, wenn sie vom Paradies DDR redet: den Liepnitzsee und seine so

menschenfreundlichen Bewohner, die Fische, die an mir wie an allen anderen Schwimmenden herumzutzelten!
Hodenhechte umschwärmten sacht meinen Sack, im Schlepptau Vorhautforellen hinter sich her ziehend. Auch die munter planschenden Damen waren, wie man ihrem fröhlichen Gegiggel entnehmen konnte, gut versorgt: Klitoriskarpfen spendeten ihnen Freude, und beide Geschlechter wurden von Brustwarzenbarschen und Anusaalen verwöhnt.
So wurde ich doch noch ein Edelmensch und Kommunist und begriff, warum so viele Menschen der DDR hinterhertrauern.

Champagner am Shell-Shop

Super: Shell macht auf nett, konnte man die ganzseitigen Anzeigen quittieren, mit denen die Firma Shell notleidende Zeitungen wie die *FAZ* und die *taz* Ende Juli 1995 finanziell stützte und ihnen beim Durchqueren der verlautbarungsarmen Zeit half, die von Journalisten Sommerloch genannt wird, weil es weniger Tickermeldungen abzuschreiben gibt. »Ab September«, jubelte es in den Inseraten, »bringt Shell das benzolarme Super plus. Jeder Autofahrer hat es demnächst in der Hand, etwas für den Umweltschutz zu tun.« Bloß was? Zündschlüssel wegwerfen? Schnabel halten? Löffel abgeben? Wohl kaum: Leise flehen meine Lieder, doch die Welt sagt bloß na und.

Von Texaco, nach der Empörung über die Havarie des Tankers »Exxon Valdez« flott in Dea umbenannt, hatte Shell durch die angekündigte Versenkung der Bohrinsel »Brent Spar« das Image übernommen, die allerkriminellste Vereinigung in einer ohnehin ruchlosen Branche zu sein. Einen solchen Ruf wieder loszuwerden, ist teuer. Man kennt dergleichen schon von McDonald's und Philip Morris: Wenn öffentliche Kritik nicht mehr ohne größere Verluste weggesteckt werden kann, schwenken die Kerle pro forma um, fallen ihrer Kundschaft um den Hals und schluchzen ihr die Ohren voll, wie sehr auch sie doch Erde, Mensch und Tier und Pflanze liebhätten.

Wäre ich der Halter bzw. sogar der Führer eines Kraftfahrzeugs, ich hätte Shell genau dafür boykottiert, daß der Verein *nicht* der Sehnsucht nach der politisch korrekten Zapfsäule trotzte, und daß er *nicht* der Klientel ein solides »Arsch lekken!« zurief, die aus ihrem rundum verkehrsberuhigten Leben auch noch eine Demonstration, eine Tanken-für-eine-

bessere-Welt-Performance machen möchte, damit sie ihre Brut erleichterten Gewissens zur Guten Nacht küssen und weniger protestantisch gesteuerten Mitmenschen das Leben zur Hölle machen kann. Denn erst im Ringen gegen das Böse, gegen all die angeblich Abgestumpften und Gleichgültigen, schenkt das eigene fieberhafte Gutsein auch Freude; jene Freuden z. B., wie sie der Bildhauer am Bamberger Dom mit seinem Relief »Die Seligen« abbildet: Gesichter wie in Schmalz gehauen, voll von einem Glück, wie es sich am Anblick eines brennenden Scheiterhaufens entzündet, eine bornierte, die eigenen Eier schaukelnde Selbstgewißheit abstrahlend, gegen die man mit aller Arroganz, derer man habhaft werden kann, den Mittelfinger hochhält, statt auf irgendeinem der angebotenen Seelenfriedhöfe zu verdämmern und sich dabei noch klasse vorzukommen.
Ziemlich peinlich wurde es, als sich Greenpeace, beliebt und bekannt aus Funk und Fernsehn, Anfang September 1995 beim Ölproduzenten Shell entschuldigen mußte: Auf der »Brent Spar« seien Proben falsch gezogen und deshalb die Risiken bei der Versenkung überschätzt worden. Aber was soll der Geiz: Die Hysterie ist die Flamme der Zeit; die muß man schüren, damit der massenhafte Aktionismus blüht. Hauptsache einmal rund um den Globus Alarm und aus Köpfen Faxgeräte gemacht und das Bedürfnis angestachelt und befriedigt, denen da oben mal so richtig eine Meinung zu geigen, die das Wort nicht verdient. Und schon mal prophylaktisch Dampf abzulassen, damit einem hinterher auch ja keiner vorwerfen kann, man hätte nichts dagegen getan. So fadenscheinig war das Tamtam gegen Shell, daß man sich partiell schon in den Kalauer flüchtete: Boygroup statt Boykott.
Wenn man aber schon unbedingt Versäumnisse und Verfehlungen – auf journalistisch: eklatante Mißstände – seitens Shell ins Licht der Öffentlichkeit zerren will, dann diese: Die vor allem nachts viel Not lindernden Getränke- und Schoko-

ladenstützpunkte, allgemein ungeschlacht »Shell-Shops« genannt, sind durch die Bank miserabel, katastrophal und skandalös erbärmlich sortiert! Derart wüst und leer und mittelmäßig gähnt es dem Bedürftigen aus den Regalen entgegen, daß er schon wähnt, er sei per Zeitreise nach Dunkeldeutschland zurückgeschickt und über der SBZ abgeworfen worden, ja man habe ihn direkt nach Bautzen zurückgebeamt.
Das muß nicht sein! Gemeinsam mit dem *Institut Français* kann die Firma Shell ihre Tankstellen zu Treffpunkten des *savoir vivre* machen: Rohmilchkäse in großer Auswahl, Champagner bis der Arzt kommt, Bouillabaisse, Marseillaise, alles! Ulrich Wickert übernimmt die Schirmherrschaft und wird, was er immer hätte werden sollen: nicht der oberste Pfadfinder, sondern der Erste Tankwart der Nation. Santé, Jacques Schabraques!

Heil Fasten!

Im November 1994 war es, ich lebte damals noch zur Untermiete bei einer Lyrikerin, da betrat die junge Frau nur leicht bekleidet mein Zimmer, um ihren Kummer vor mir auszubreiten: »Guck mal, da bin ich zu dick, und da auch, und da gefalle ich mir auch nicht«, turnte sie sehr gymnastisch vor mir herum, immer mit einem mäkeligen Zeigefinger auf jeweils die Körperpartien deutend, die sie, entsprechenden *einschlägigen* Magazinen gemäß, als ihre sog. »Problemzonen« identifiziert hatte. »Ach was«, sagte ich, denn ich habe es mir zur Angewohnheit gemacht, jeder Frau, die ich näher kenne, zu versichern, daß gerade sie mir besonders gut gefalle; eine Methode, die ich ausnahmsweise zur Nachahmung dringend empfehlen möchte, besonders, wenn es sich dabei um das überaus heikle, schwierige und komplexe Thema weiblicher Brüste bzw. Ohren bzw., wie es die nach wie vor schwer verehrte Gisela Güzel ausdrückt, »Jungs« handelt. Kaum eine Frau ist in diesem Punkt, wie es dann heißt, mit sich »zufrieden«, und auf die fast unausweichliche Frage, wie man »sie«, also die Brüste, Ohren, Jungs denn finde, kann es nur eine Antwort geben, auch wenn der Blindenhund knurrt: sehr erfreulich. Sprachlich darf man das ganze nach Gusto variieren, ja *creativ gestalten*; inhaltlich aber gibt es in dieser Frage keinen Kompromiß und kein Pardon: Wer zu freundlichen Worten nicht in der Lage ist, dem möge die Zunge verdorren. In diesem Sinne ist das, was ich hier einmal vorläufig und notdürftig die »Brüste-Lüge« nennen will, die einzige mir bekannte Lüge, die, obwohl anti-aufklärerisch, zutiefst dem Humanismus verpflichtet ist. Wer zu dieser Lüge nicht fähig ist, wird mit Implantaten nicht unter Einmeterdreißig gerecht gestraft.

Bei meiner Lyrikerin aber war keine Lüge und keine Heuchelei nötig; zudem war das Thema Brüste auch ganz und gar außen vor, ja ausgeklammert. (Kann man Brüste »ausklammern«? Bitte nicht: Es klingt ganz schrecklich.) Mit einem freundlichen Blick auf ihr schlankes, ja rehhaftes Äußeres schalt ich sie, sie solle »den Käse lassen«; »prima«, nein, sogar »super« sehe sie aus, stellte mich sogar einem Figurvergleich, der gut für sie ausfiel und bot darüber hinaus an, ihr einen unsittlichen Antrag zu machen zum auch handgreiflichen Beweise dafür, daß meine Komplimente kein leeres Gerede seien. Geschmeichelt immerhin schritt die Lyrikerin von dannen, denn Lyrikerinnen gehen nicht: Sie schreiten. Nachhaltig aber hatte ich ihre so unbegründeten Selbstzweifel wohl doch nicht zerstreuen können, denn schon am Nachmittag desselben Tages begann die junge Person ein sog. *Heilfasten*. Ob sie zu diesem Zwecke ein Glas in Wasser gelösten Glaubersalzes, das dem Schierlingsbecher recht nahe kommt, austrank, oder ob sie den sonst obligatorischen sog. *Einlauf* bevorzugte, habe ich sie nie gefragt; es gibt, und wenn man sich noch so wertschätzt und verehrt, Dinge, die man voneinander weder wissen will noch sollte: »Da liegt kein Segen drauf«, wie Bruder Finn sagt.
Das *Heilfasten* meiner Lyrikerin erwies sich rasch als üble Angelegenheit; sie kochte sich einen grün-grau-braunen Brei, eine Art Eßzement, den sie mürrisch in sich hineinschlang, und dazu einen stinkenden Tee, der, wie sie mich anbellte, ihrer »Entschlackung« dienen solle; seit jenen Tagen gehört dieses Wort zu meinen Lieblingsvokabeln, und manchmal kann ich kaum an mich halten, in möglichst unpassenden Situationen wildfremde Menschen mit den Worten »Entschlackung! Entschlackung! Entschlackung!« anzusprechen.
Im Laufe der Tage sank die Laune der Lyrikerin immer tiefer herab; auszubaden hatten ihren – offensichtlich wütenden – Hunger natürlich andere, also z. B. ich. Das war nicht gerecht;

schlimmer allerdings war, daß die bis dahin so angenehm undeutsch konziliante und mit besten Umgangsformen ausgestattete Frau jetzt doch arg nachließ; Auskunft auf Fragen erteilte sie z. B. in dem Ton, der ja der Hauptgrund ist, warum man manchmal aus Berlin wegziehen möchte. Am dritten Tag beschloß ich Gegenmaßnahmen: Ich lud Freunde zum Essen ein und servierte ihnen Kaninchen in einer Rotwein-Sahne-Sauce aus dem Römertopf. Da die Zubereitung im Ofen an die drei Stunden dauert, hatte die Lyrikerin aufgrund der Düfte reichlich Zeit, schwach zu werden. Sie wurde es. Und der junge, extrem gutgewachsene Kollege Bohlen erbot sich, in Zukunft Sklave, ja sogar »Schklave« meiner Lüste sein zu wollen, wenn ich ihm nur regelmäßig derartiges bescherte; ich wies sein großzügiges Angebot als »willkommen, aber doch nicht nötig« zurück. Und die Lyrikerin nahm viermal nach vom Kaninchen und sah danach richtig glücklich aus – nein, kleines, possierliches Kaninchentier: Du bist nicht umsonst gestorben.*

An die vier Wochen später war es – ich war inzwischen Untermieter eines Prosaisten geworden –, als dieser ausgelassen gnickernd ins Zimmer kam und prustend berichtete, die Herren Bisky und Gysi von der PDS seien doch tatsächlich in einen Hungerstreik getreten. Diese Botschaft nahm selbst der junge Kollege Rattelschneck, dieses emotionale Löschpapier, das für gewöhnlich durch nichts zu erschüttern ist, mit Kopfschütteln und mundoffenem Schweigen entgegen. Bruder Finn immerhin parierte konstruktiv: »Jetzt erst mal richtig was spachteln gehen.« Und das taten wir, nach einem schönen Schluck Chablis, dann auch und stochten los, in Richtung einer kleinen, nein, eigentlich eher einer größeren Leckerei.

* Gegen Einsendung eines frankierten Rückumschlags ist das Rezept beim Verlag erhältlich. Kennwort: Watership Down.

»Komm, wir sägen uns die Beine ab und sehen aus wie Gregor Gysi«, schlug zwei Stündchen später Bruder Finn vor, noch immer munter kauend. Die prima Idee wurde angenommen, und in Richtung der allzu großherzigen Volksbühne am Berliner Rosa-Luxemburg-Platz, die auch diese beiden PDS-Knallchargen noch aufgenommen hatte, verbeugten wir uns mit einem ebenso solidarischen wie lyrischen »Heil Fasten!«

Über das Totschweigen

Eine Bergpredigt

Als Mann im kreuzigungsfähigen Alter werde ich verstärkt von dem Wunsch ergriffen, immerzu und andauernd die Wahrheit zu sagen, und zwar, wie das bei Feuilleton-Phraseuren gerne heißt, *schonungslos* oder sogar *gnadenlos*. Kein Tag vergeht, an dem mir nicht ein an Kisch geschultes »Schreib das auf, Mann!« zwischen den Ohren herumhämmert, und nur die Stärke der Vernunft-Fraktion in meinem inneren Parlament verhindert, daß ich's auch tue. Denn Aufgabe des Journalisten kann es nicht sein, Dinge aufzuschreiben und zu berichten; Pflicht und Auftrag des Journalisten ist es vielmehr, Dinge totzuschweigen.

Das glauben Sie nicht? Ich werde es Ihnen erklären. Im linksliberalalternativen Milieu nämlich ist es so: Das einzelne Mitglied dieses Milieus hält sich für aufgeklärt, weil es selbst niemals über irgend etwas nachgedacht hat; vielmehr verfügt es über einen Kanon und Katalog von Standardstatements: Walt Disney und Coca-Cola sind böse, Frauen gemeinsam sind stark, jedes dritte Kind wird sexuell mißbraucht, Milch ist das weiße Blut der Kuh usw. Natürlich ist der Katalog der gerade zu habenden Meinungen Veränderungen unterworfen. Und im selben Maße, wie dieser Katalog ständig neu überarbeitet wird, ändert sich auch das einzelne Mitglied des Milieus mit. (Im rechten Lager ist das natürlich nicht anders, nur hat diese Seite zumindest mehrheitlich den Vorzug, gar nicht erst im Namen von Fortschritt, Aufklärung usw. dahergetapert zu kommen.) In diesem Milieu also, in dem jedes einzelne Mitglied sich darüber definiert, daß es, weil es von wirklich nichts eine Ahnung hat, eben alles weiß, zu jedem

Thema mitschwatzen und herumlabern kann, und dies immer in Deckungsgleichheit mit der gerade aktuellen Fassung des Gesinnungskatalogs, in diesen Kreisen ist Aufklärung nur noch durch hartnäckiges Schnabelhalten und Schnabelhaltenlassen zu erzwingen: »Schweig es tot, Mann!« lautet die Devise derer, die etwas taugen.

Nicht totgeschwiegen werden dürfen dagegen Ereignisse aus dem Alltagsleben und eigene schuldhafte Versäumnisse. Ein Beispiel: Im Speisewagen des Intercity von Essen nach Berlin wurde ich Zeuge eines verabscheuungswürdigen Verbrechens. Aus der Ersten Klasse kam ein Mittvierziger der Sorte blasiert und stolz drauf an meinen Tisch und behandelte die Kellnerin, die im überfüllten Wagen alleine bediente und trotz gesteigerten Tempos freundlich ihre Arbeit tat, spürbar aus Prinzip hochnäsig und schon leicht ins Schikanöse spielend. Seine Zeche betrug 27 Mark 80; der Mann legte 30 Mark auf den Tisch und sagte gönnerhaft: »Achtundzwanzig.« Fassungslos vor soviel Ekelhaftigkeit blieb ich sitzen und ließ ihn ziehen, statt ihn, wie es meine Mitmenschenpflicht gewesen wäre, direkt in die Mangel zu nehmen. Denn *das* sind die Leute, die diese Welt unerträglich machen: Geizknöpfe, anal zugenähte Charaktere, menschlicher Abfall, der in der Kanzlei »Habgier, Habgier & Habgier, Anwälte und Notare« beschäftigt ist. Seinen Personalausweis hätte ich ihm entringen müssen, das Ding auf DIN-A1-Größe hochkopieren und tausendfach im ganzen Land plakatieren mit dem Zusatz: Dieser Mann ist ein übler Mann. Folgt nicht seinem Beispiel!

Wer die Arbeit anderer nicht achtet noch respektiert noch angemessen belohnt, und, darauf angesprochen, auch noch frech wird und sich damit brüstet, von anderer Leute Schweiß zu leben, und zwar blendend, der soll nicht totgeschwiegen, der soll vielmehr geschnappt werden und, in helles Licht getaucht, vor aller Welt dastehen als das, was er ist: ein Blutsauger, ein Vampir, ein Parasit. Und er soll fühlen, daß es einem gnädigen Gott nicht gibt, nicht für ihn. Denn die Sonne scheint eben nicht für alle gleich: Es gibt die, die ackern, und die, die die Hände aufhalten. Packt sie und zerhackt sie!

Wird Herr Kaiser abgeschoben?

Aus dem TV-Tagebuch

Der alte Trick klappt nicht mehr: sich vor dem Fernseher zusammenrollen, die Macht in den Flossen, irgendwelchen Unsinn in sich hineinsaugen und alles Dumme und Garstige vergessen. Es geht nicht; das Fernsehn ist kein Fluchttunnel hinaus, sondern der Haupteingang mitten hinein in den Rotz.

Man darf sich ansehen, wie Leute aus Deutschland abgeschoben werden aus Gründen einer praktischen Vernunft, die der Bundesinnenminister und Herrenrassist Manfred Kanther so definiert: Deutscher Boden, deutsches Blut / sind für deutsche Menschen gut. Was geht es Kanther und seine Schergen an, wenn sie, in vollem Bewußtsein dessen, was sie tun, als eine Art Subunternehmen und Zuliefererbetrieb, Menschen in die Folter oder in den Tod schicken? Was kümmert sie das Recht auf körperliche Unversehrtheit, wenn es um Nichtdeutsche geht? Pech für den jungen Kroaten, daß er den Kriegsdienst verweigerte und nach Deutschland floh; postwendend wird der junge Mann zurücküberstellt, an den Generalissimus Tudjman, der glaubt, die Einwohner Kroatiens seien sein persönlicher Besitz.

Pech auch für die Männer aus dem Sudan: Was wurden sie auch in einem Land geboren, in dem gefoltert wird? Wenn sie aus Königsberg stammten oder aus Tilsit, dann wäre das anders, da ließe sich aus der ethnischen Herkunft Kapital schlagen, da kann man aus deutschem Blut das Recht auf den Boden ableiten und Gebietsansprüche formulieren. Aber Sudan? Sudan ist ganz schlecht. Falsch geboren, und peng, du bist tot.

Es gibt nicht soviel zu trinken, wie man sich erbrechen muß angesichts eines Landes, dessen Führung sich in einem Humanismus sielt, der darin besteht, daß man Flüchtlinge nicht eigenhändig foltert oder ermordet, sondern das von außerdeutschen Behörden erledigen läßt. Am selben Tag feiert man einen großen Sohn Deutschlands, einen, von dem die Deutschen noch lieber regiert würden als von Kohl und Kanther: Franz Beckenbauer wird fünfzig an diesem 11. September 1995. Den Film »Libero« von 1973 kann man sich noch einmal angucken, in dem Beckenbauer in kurzen Hosen und mit einem Freizeithütchen auf dem Kopf durch den Nahen Osten stiefelt und in diesem Aufzug Almosen verteilt, ohne für diese Beleidigung direkt des Landes verwiesen oder wenigstens von einem Fellachen zur Fellatio gezwungen zu werden.
Kann man Beckenbauer nicht abschieben? Aber wohin? Welches Land ist einem so verekelt und so verhaßt, daß man ihm einen wie ihn, einen wie Beckenbauer zuschustern möchte? So gesehen ist der Mann in Deutschland schon am richtigen Platz. Feixend steht er, den sie den Kaiser nennen, da, mit der Ausstrahlung eines Sonnen- und Samenbankiers, der seines eigenen Glückes ebenso Schmied ist, wie andere eben schlechtes Karma haben und irgendwie auch selbst schuld sind, daß sie nicht gleich ihm ein Leben in Aspik führen. Huldvoll nimmt er die Glückwünsche entgegen von denen, die ihn lekken, allen voran Jörg »Teflon« Wontorra, der ihm dieses Ständchen singt:

Dem Sportler sei das Sexual
Als solches ganz und gar egal.
So denkt der Laie voller Trauer
Doch gilt dies nicht für Beckenbauer.
Entmüdungsbecken? Après-Ski?
Nie fehlt des Kaisers Minipli.

Spielerfrauen nimmt er volley.
Nickligkeiten liebt der Mann.
 »Lichtgestalt! Mein lieber Scholli!«
Knödelt Werner Hansch bei »ran«
Und auch *Spiegel, FAZ* und *Kicker*
Stammeln staunend: »Spitzenficker!«

Hier und jetzt, in Hut und Schal?
Kurze Freude? Lange Qual?
Nur eine oder gleich den Saal?
Vaginal? Oral? Rektal?
Herr Kaiser sieht das mehr global
Und sagt ganz einfach: Schaun mer mal.

Ich rufe Jochen Hageleit

Immer wieder verblüffend, ja oft schon beinahe rührend sind die gleichermaßen verzweifelten wie vergeblichen Versuche mancher Journalisten, nun auch noch unbedingt intelligent, geistreich, komisch, lustig, originell und alles sein zu wollen, obwohl sie doch darüber froh sein müßten, wenn sie einmal ihren Hintern mit den eigenen Händen finden könnten. Es ist nicht jedem gegeben, aber das wollen sie partout nicht einsehen, spreizen sich, machen sich wichtig, und immer fällt es auf sie selbst zurück. Daran dachte ich, als ich am 18. März 1995 wieder einmal Reinhold Beckmann sah, den »ran«-Mann, der so moderiert, wie Bayern München Fußball spielt.

»Es bleibt so richtig kribbelig spannend«, behauptete der abgeschleckte und arbeitgeberenddarmkompatible Mensch nach einem demoralisierend lahmen Spieltag; offenbar meinte er damit, daß auch ein Kneipenschlägerteam wie der 1. FC Kaiserslautern Titelchancen hat.

Ich drehte ab, flog davon; es war ein Samstagnachmittag im Frühling Mitte der 70er Jahre. Ein Junge auf einem *Bonanza-Rad* mit *Bananensattel* fitschte durch einen abgetöteten Vorort. Akkurat immer genau drei Meter hintereinander aufgereiht stand ein gutes Dutzend PKW am Straßenrand. Männer in Freizeitkleidung, immerhin auf Kreditbasis stolze Besitzer der Blechschachteln, waren mit, mmhm, lekkerlecker, *Johnsons Auto-Pudding* am Start. Es wurde gewaschen, geledert, gewienert und poliert, kurz: Es wachste zusammen, was zusammengehört. Aus jedem Autoradio tönte und dröhnte identisch WDR 2, *Sport und Musik*, »Wir geben jetzt herüber zu Jochen Hageleit, hallo Jochen, bei Ihnen in Bochum ist ein Tor gefallen …?« Die Autowäscher, bei wärmerer Witterung egalweg und unisono in kurzen Hosen und Unterhemd, nahmen das ohne Murren hin. Mit der Gleichschaltung im Lande verhält es sich so wie mit der sog. »Konferenzschaltung«: Man muß die Leute keineswegs dazu zwingen. Es gefällt ihnen, sie sind einfach gern mit dabei. Und sollte die Sache nicht hinhauen, kann man später immer noch treuherzig deklamieren, man sei halt drangsaliert worden, Unrechtsstaat, Schweinesystem, schluchz, buhu.

»Abstiegskampf pur«, gargelte es jetzt aus dem Fernseh, das mich zurückriß, und dann vibrierte noch einer über »Bochums neue Konterkultur«. Man soll nichts beschönigen, jede Zeit hat ihren eigenen Irrsinn, aber »Konterkultur«, nein, das hätte in den 70ern niemand gesagt, nicht einmal Lea Rosh.

Ich rufe Jochen Hageleit!

Pornos für das Feuilleton

Ein Schlußwort

Im *Spiegel* 44/94 hatte Gerhard Henschel ein paar wohlgesetzte und eigentlich abschließende Worte zum Werk des Schriftstellers und seit Herbst 1994 auch PDS-Politikers Gerhard Zwerenz gefunden. Henschel, der zu den wenigen gehört, die den Vielschreiber Zwerenz überhaupt je einigermaßen umfassend studiert haben, zitierte dabei lang und erhellend aus Romanen, die Zwerenz selbst als »erotisch« deklariert: »Er warf sich zwischen ihre Beine, rammte ihr sein Faunshorn in die vor Erregung schnappende Möse«, heißt es da zum Beispiel. Überhaupt offenbart Zwerenz einen starken Hang zur Übergeschnapptheit: »Ihr schnappender fester Arsch« ist ihm ebenso ein Anliegen wie die Halluzinationen Rasputinscher *Praktiken*: »Er rutscht in ihrem geilen Schleim herum, die Augen auf die schnappende Fotze gerichtet.« So schreibt einer, dem es nicht peinlich ist, sich selbst mit Tucholsky zu vergleichen oder sich öffentlich, huhu Brecht, »Herr Z.« zu nennen.

Falsch an Henschels Text war nur die aber gar nicht von ihm, sondern vom *Spiegel* gemachte Unterzeile: »Gerhard Henschel über den Pornographen und PDS-Parlamentarier Gerhard Zwerenz«. Denn der Schnappsack Zwerenz ist erstens gar kein Pornograph, sondern bloß als Schriftsteller schlecht wie die Wurst: eine literarische Niete, schwankend zwischen Selbstbeweihräucherung, den bereits zitierten Ekligkeiten und ausschließlich unfreiwilliger Komik: »Mir hingen die Eier dran wie zwei dicke Romane.« Links die Buddenbrooks, rechts der Zauberberg? Die Hosen zu solchen Hoden möchte man – nein, die möchte man doch lieber *nicht* sehen.

Zweitens suggeriert die *Spiegel*-Unterzeile, ausgerechnet die PDS habe, und sei es durch ihr MdB Zwerenz, etwas mit Pornographie im Sinne von Untenrum, Ficken und allem am Hut - auch das ist nicht zutreffend. Pornographisch, weil rein instrumentell, ist allein das Verhältnis zur Wahrheit, das einem aus vielen PDSlern entgegenschlägt; da unterscheiden sie sich nicht von Mitgliedern anderer Gesinnungs- und Gesangsvereine. Ansonsten steht für sie zu befürchten, daß sie mit dem bißchen, was Zwerenz zum Thema beizusteuern hat, prima bedient und zufrieden sind. Dabei ist ja Pornographie, die diesen Namen verdient, durchaus ein Mittel zur Befreiung des Menschen aus der moralischen Erpressung, der er fortwährend ausgesetzt ist. Wer das nicht glauben will, soll Bataille lesen oder einen längeren Blick in das »Bestiarium Perversum« von Ernst Kahl werfen.
Auf Henschels überfällige Polemik gegen Zwerenz reagierte postwendend das *Neue Deutschland*; Feuilleton-Chef Peter Berger, der Zwerenz seit Jahren jedes Gedünn abnimmt und freudig in Druck gibt, ließ es sich nicht nehmen, die fast noch zu freundliche Attacke auf seinen Autor persönlich zurückzuweisen - und damit die vorerst letzte Gelegenheit ungenutzt verstreichen, in puncto Zwerenz doch noch zu Verstand zu kommen. Im *ND* vom 5./6.11.94 fährt Berger gratismoralisches Geschütz auf: Henschel sei »sich nicht zu schade dafür«, im *Spiegel* gedruckt zu werden. Warum auch? Warum soll ein guter Autor, der u.a. in *Titanic, taz, junge Welt, konkret, FAZ* und eben auch *ND* veröffentlicht oder veröffentlicht hat, das zu einem von ihm selbst gewählten Thema nicht dort tun, wo es größtmögliche Wirkung erzielt? Eine Polemik gegen den PDS-Mann Zwerenz wäre so gesehen am besten im PDS-Blatt *ND* erschienen - nur hätte Peter Berger, der Feigling von Beruf, sie niemals gedruckt.
Seltsam ist es schon, daß ausgerechnet Berger, der ein ödes und kenntnisfreies Feuilleton leitet und fast ausschließlich

Autoren beschäftigt, die es nun wirklich gar nicht können, den Stümper Zwerenz gegen seinen Kritiker Henschel in Schutz zu nehmen versucht. Weniger seltsam ist es allerdings, daß er dabei höchst albern aussieht: »den Sänger der feucht-fröhlichen Kopulation« nennt er den Protzer Zwerenz; Henschel dagegen, der den Krempel eben nicht moralisierend, sondern ästhetisch schamhaarscharf auseinandernahm, wirft er vor, er könne an keinem Spiegel, besonders wenn er, hehe, aufgepaßt, ein Witz, »in Hamburg« stehe, vorbeikommen, »ohne spontan zu ejakulieren«. So wirft dann einer den Samen übers Land, der seine eigene Sexualität sein Leben lang derart notorisch verleugnet hat, daß der Begriff »Klemmi« auf ihn allerdings paßt.

Daß Berger mit seinem Text kein Ausrutscher unterlief, stellte er nur drei Tage später voll unter Beweis: Als Redakteur nahm er einen Artikel von Hans-Dieter Schütt über Klaus Hoffmann auf seine Kappe; Schütt, der sich selbst per Kürzel düster raunend »HADES« nennt und als Aphoristiker Wiederholungstäter ist, griff mit Bergers Billigung tief in den Mustopf: »Sei, wer du bist, auch wenn die Lebenslust immer mehr Kühle haucht«, schwurbelt es da. Von den »Schatten des Daseins« weiß Schütt immerhin: »Sie kommen von Licht.« Und Klaus Hoffmann, meint er, produziert »einen Hauch von Flower Power gegen jenen Schnellimbiß, der Zeit heißt«.

Ich habe schon den einen oder anderen Schnellimbiß gesehen: Die Buden heißen gewöhnlich »Futterluke«, »Brutzelbude«, »Bratwurst-Glöckle« oder ähnlich appetitanregend; in Pirmasens sah ich sogar mal einen Imbiß mit dem euphemistischen Namen »Gaumen-Boutique«. Aber »Zeit«? Ein »Schnellimbiß, der Zeit heißt«? Was sollte man sich da bestellen? Einen Dönhoffer? Einmal Ewigkeit rot-weiß? Zukunft mit Pommes? Und wäre es nicht merkwürdig, von einem Imbißbudenmann gefragt zu werden: »Kommt auf das Plusquamperfekt noch was drauf?«

Fragen, die vielleicht, und so komme ich doch noch aus der Kurve, hoffentlich Gerhard Zwerenz als Bundestagsredner anschneiden und beantworten wird, möglicherweise im Duett mit Stefan Heym oder mit Graf von Einsiedel; ich habe die PDS schließlich gewählt, weil das deutsche Volk harte Bestrafung verdient hat. Peter Bergers Feuilleton heißt ab sofort, nach einem kleinen Laden in Prenzlauer Berg, »Klemmi's Flickschneiderei« - selbstverständlich mit einem dieser falschen Apostrophe, die am 9. November 1989, und das ist der wahre heimtückische Zweck der deutschen Einheit, säckeweise an die Deutschen in Ost und West ausgegeben wurden.

Aus dem Geistesleben

Der Düsseldorfer Privatkommunist Dieter Bott hat bewiesen, daß der von Robert Jungk in seinen sog. »Werkstätten« komplett unverwendbar gemachte Begriff »Zukunft« nun doch noch ein bißchen tauglich ist. Botts Beispiel nämlich zeigt, daß man immerhin fünfzig werden kann, ohne wie Antje Vollmer zur Stütze des Vierten Reiches heranzureifen und das Anzünden von Ausländern mit den Worten »Wir haben diese Gesellschaft gründlich zivilisiert« zu kommentieren. Solcher Opportunismus ist absolut freiwillig, und derartig viele erheben ihn zur Lebensmaxime, daß ich beinahe täglich in den väterlichen Kollegen Behnken hineinflüstere: »Alles Pack, wir müssen unter Menschen.«

Man kann aber auch mit fünfzig ein netter Irrsinniger sein wie Dieter Bott und gleich ihm eine »Viva Maria-Gesellschaft« gründen. Und dazu einen »Viva Maria-Preis« stiften, dotiert mit 10000 DM, den man an Leute gibt, die, so Bott, »der rücksichtslosen Kritik des Bestehenden verpflichtet sind«. Und darf sich dabei auch ein bißchen täuschen: Ende 1994 ging der Preis zu einem Drittel an den Verleger Klaus Bittermann und dessen *Edition Tiamat* resp. die Reihe *Critica Diabolis*.

Die *Edition Tiamat* aber gibt es gar nicht! Ein Blick in die Literaturzeitschrift *Der Rabe* (Nr. 42, S. 233) zeigt, daß der kleine Anarcho-Verlag in Wahrheit *Edition Tiznat* heißt; bei *Tiamat* handelt es sich dagegen, wie div. Musikzeitschriften zu entnehmen ist, um eine schwedische »Doom Metal«-Band – was dann erklärt, warum Klaus Bittermann schon öfters nächtens mit einer Langhaar-Perücke auf dem Kopf aus dem Haus schleichend angetroffen wurde und auch sonst

gern Musik hört, von der man diese Ringe unter den Augen bekommt.
Dennoch: Gepriesen sei das Beispiel Dieter Botts: Fröhlich will ich alt werden, oben licht und unten dicht. Viva Maria!

Spielball der Elemente

»Pep und Schwung durch Reinigung« steht auf der Plastiktüte der chemischen Reinigung, aus der ich meinen Lieblingsanzug abhole; »gutgelaunt und selbstbewußt in regelmäßig frisch gepflegter Kleidung« ergänzt die großräumige Tasche, und so ist es dann auch: Peppig, beschwingt, unverschämt gutgelaunt und unglaublich selbstbewußt schlüre ich kurze Zeit später durchs Viertel, um meine erneuerte Kleidung wie meine neuen Stiefel auszuführen und ihnen, ihrem ängstlichen Murren zum Trotz, zu zeigen, daß die Welt auch in Berlin, man glaubt es selbst kaum, doch mehr zu bieten hat als viele Halbpfünder Dobermann, handwarm.

Vor dem Urban-Krankenhaus z. B. stehen erwachsene Menschen in Puschen und Bademänteln, verschämt und heimlich rauchend. Die Notaufnahme und das gesamte Lazarett sind so übel beleumundet, daß es sich nicht empfiehlt, in ihrem Einzugsgebiet ohnmächtig zu werden; da die Besatzungen von Unfallwagen angewiesen sind, Patienten ins nächstgelegene Krankenhaus einzuliefern, sollte man sich so weit wie möglich aus Kreuzberg/Neukölln herausschleppen und in bettlägerig-verwahrungsbedürftigem Zustand besser erst in z. B. Zehlendorf zusammenbrechen, wenn man nicht mit Arm ab, gesundem Blinddarm raus und OP-Besteck im Bauch aufzuwachen wünscht. Man könnte feuilletonistisch von »erhöhter Kunstfehlerquote im Urban« sprechen, allein: Wo ist die Kunst?

Nur wenige Meter weiter treffe ich die nach wie vor hochgradig verehrte Gisela Güzel; wir gehen ein paar Schritte zusammen, kehren in ein nettes Lokal ein und beginnen über Dinge zu reden, die in der Öffentlichkeit viel zu selten verhandelt werden. »Ach, wir sind doch nur ein Spielball der Elemente!« seufzt Frau Güzel leise, weise und lebensmüd, um dann höchst frisch hinzuzufügen: »Aber die Elemente sind wir selbst! Starbesetzung! Dream-Team! Du bist der Spielball, und ich bin die Elemente!«

Noch die halbe Nacht tanzten wir unter der Hochbahn, Frau Güzel mich in ihren Armen hin und her werfend, und sangen, zweistimmig gegen das Gekreisch der Bahn, ein tief humanistisch empfundenes Lied: »Vier Elemente / gehen bald in Rente / Feuer, Wasser, Erde, Luft / haben lang genug geschuft'!«

Als aber die Männer in den weißen Jacken kamen, waren wir längst verschwunden.

Nachts in der Minibar

für Rita & Rainer

»Also, ich bin in der Lederbrangsche«, hebt der bullige Mittvierziger dröhnend die kräftige Pfeffer-und-Salz-Stimme, die er sich im Laufe seines Daseins ertrunken hat. Lederbranche? Ist der Mann als Sadomasochist unterwegs? Er sieht gar nicht so aus, wie er sich da am Nebentisch des IC-Speisewagens über einen verzweifelten, schicksalsergebenen Mitmenschen beugt, der sich, allerdings vergeblich, hinter der jüngsten Ausgabe der Wochenzeitung *Die Zeit* verschanzt hat; das ist, nebenbei, auch der einzige vernünftige Grund, jenes Blatt zu erwerben: Es ist aufgrund seiner riesigen Ausmaße zum Verschanzen vor der Welt und den Schrecklichen unter ihren Bewohnern extrem gut geeignet.

Den Lederbranchisten allerdings vermag selbst ein weit aufgeschlagenes, ausladend vor Kopf und Brust gehaltenes Exemplar der *Zeit* von nichts abzuhalten; er hat den Speisewagen betreten und instinktsicher einen frischen Zuhörer erspäht, einen, der das ganze rasend spannende Auf und Ab seines Berufes und seiner Vita noch nicht kennt, einen, den er ohne Limit zuquallen kann und der sich auch nicht recht zu wehren weiß, aus Höflichkeit oder Unsicherheit - ein ideales Opfer halt, das jetzt auch mit der hochinteressanten Information versorgt wird, daß sein Gegenüber Reisender in Sachen Lederkrawatten ist - ein kultischer Gegenstand, der, ähnlich wie Strickschlipse, immer wieder daran erinnert, daß der Kapitalismus mit all seinen furchtbaren Auswüchsen eben doch die gerechte Strafe ist für z. B. Leute, die Strickschlipse und Lederkrawatten tragen.

So hockt er da, aufgeblasen vor Wonne über sich selbst, der

Krawattendealer: Hier, Junge, komm, nimm ruhig eine, die erste ist umsonst, hahaha ... Zwei Tische weiter sitzt eine alterslose Frau mit dem glatten, von keinem Gedanken verletzten Gesicht, wie man es bei Pfarrern, Anthroposophen, Zeugen Jehovas und anderen Mitgliedern asexueller Vereinigungen sieht; schon fünfmal hat sie den IC-Kellner angeschrien, sie wolle »das Rührei ohne Mehl! Ohne Mehl!«, wobei sie ausladend mit einer eingegipsten Rechten in der Luft herumgestikuliert. Am Nebentisch sitzt ein ebenfalls rechtshändig eingegipster junger Mann mit Streichholzfrisur; gehört er eventuell zur Rührei-Schreihälsin, ja Rührei-Fraktion? Und haben sich die beiden vielleicht gemeinsam beschwipst, sich anschließend gestipst und die Folgen dann wechselseitig eingegipst? Und sich dabei auch noch geknipst, möglicherweise?

Wenn man über derartiges derart ins Grübeln kommt, ist es Zeit, die Vernunft zu ihrem Recht kommen zu lassen. Ich verließ also den Zug und begab mich ins Hotel. An der Rezeption fand ich die Nachricht, ich möchte mir den Zimmerschlüssel an der Bar abholen; ich tat es.

Man hat ja schon viel Elend gesehen, durchmessen und erduldet, aber es gibt doch Grenzen. Bzw. geht es eben doch immer noch ein paar Nummern entsetzlicher zu, als man es sich - bei aller Erfahrung - vorher vorzustellen vermag. Vier ausgeleierte alte Säcke um die fünfzig in durchgeschwitzten Oberhemden, die Krawatten schon lässig, lässig gelockert, hatten eine vielleicht zwanzigjährige weibliche Tresenkraft eingekreist und bereits unter sich aufgeteilt. »Letztes Jahr hab' ich meiner Tochter nen Reitpferd geschenkt«, röhrte einer gerade. »Sie erinnern mich an meine Tochter«, sabberte er weiter. »Wollense auch son Reitpferd haben?« Mein Eintreffen entband die junge Frau von einer Antwort; in grimmiges Schweigen gehüllt, verharrten abwartend die vier, denen die Welt ein Musterkoffer ist. Ob ich vielleicht ein Bier trinken wolle, fragte die Frau mit einem Seitenblick auf das Vertreterquartett, das man aber nicht wie Autoquartett spielen kann; ich willigte ein, man plauderte ein wenig, und dann, langsam, reptilienhaft fast, schob sich einer der vier seitlich an mich heran und gab mir – man sollte diese alten, routinierten Vögel eben niemals unterschätzen – für diesen Tag den Rest: »Aaah, junger Mann – Sie machen in Kultur?«

Ich floh auf mein Zimmer; die Minibar wollte ich plündern und in einsamen Exzessen Vergessen suchen. Nie wieder Mitmensch! lautete meine heimliche Parole. Zügig riß ich den kleinen Kühlschrank auf – und da waren sie alle da: Nur gut fünf Zentimeter hoch, nicht größer als die Fläschchen, aus denen sie tranken, saßen die Reisenden in meinem Kühlschrank. »Die teuersten Kosten sind die Lohnkosten. Das ist heutzutage einfach so«, ächzte der erste. »Komm, Junge, kannst du ruhig mal antesten. Kannst du in aller Ruhe abchecken«, bedrängte der Ledermann sein Opfer aus dem Zug. Heftig schallten die Stimmen durcheinander: »Bingo!« »D'accord!« »Touché«, und dazu schnipsten sie mit den Fingern. »Daß es der Wirtschaft so dreckig geht, liegt an den vielen Nichtrauchern. Das sind alles Steuerhinterzieher.«

Vieles erfuhr ich in dieser Nacht; fasziniert schaute ich den kleinen Männern in meiner Minibar zu und lauschte ihnen, und bevor ich endgültig einschlief, hörte ich noch dies: »... ja, und die Petra Kelly, die kannte ich schon ganz lang. Schon lange, bevor ich die 1980 im Fernsehen sah. Weil ich doch Karl-May-Leser bin, schon von Kindheit an. Und nach dem *Schatz im Silbersee* und nach *Unter Geiern* habe ich auch *Winnetou* gelesen, war ja ziemlich fromm, 'n bißchen wie Kindergottesdienst. Und in *Winnetou I*, da gab es diesen Lehrer der Apatschen, so 'n furchtbar Guter war das, natürlich 'n Deutscher, war ja klar bei Karl May. Klekih-Petra hieß der, der hat sich dann auch in die Kugel geworfen, mit der Santer, der Bösbock, Winnetou treffen wollte, so wie Winnetou später in

Winnetou III bei seinem Freund Scharlih. Und dieser Klekih-Petra, also an den hat mich die Petra Kelly sofort erinnert, klingt ja auch schon fast gleich, nein wirklich, ich hab' immer gedacht, die kennst du doch von früher, aus Karl May, diese Klekih Petra Kelly, wär auch 'n prima Doppelname gewesen eigentlich ...«

Und dann wurde es Nacht in der Minibar.

Über das Proletariat

Vor drei Monaten kam mir das Proletariat ins Haus, schlagartig und ungebeten wie sonst nur mormonische Bibel- und Seelenverkäufer, aber nicht halb so höflich. Es zog einfach ein, in die Wohnung über der, in der ich zur Untermiete wohne. Seitdem nehme ich rege an seinem Leben teil und beobachte und erforsche es mitunter sogar; es bleibt mir auch gar nichts anderes übrig, denn zur Ohrenzeugenschaft seines Daseins hat mich das Proletariat ohnehin vom ersten Tag an verdonnert.

Das Proletariat besteht aus Mann, Frau, diversen Kindern und vielen Sorgen. Je schlechter es materiell gestellt ist, desto höher die Anzahl der Haustiere, die das Proletariat solidarisch an seinem Elend beteiligt; ein Proletariat ohne wenigstens einen Köter ist quasi gar nicht denkbar. Mein Proletariat ist komplett ohne Erwerbsmöglichkeit, bezieht Stütze und beherbergt deshalb etwa ein halbes Dutzend Tiere aller Art.

Früh am Morgen, gegen halb sieben, erwacht das Proletariat. Es öffnet die Fenster und beginnt zu brüllen. So teilt es sich selbst wie auch der übrigen Welt, also zum Beispiel mir mit, daß es noch da ist und daß es ihm heute ebenso geht wie gestern und wie alle Tage: nicht gut.

Kraftvoll spricht das männliche Proletariat das weibliche an. Dazu benutzt es immer und ausschließlich einen Ausdruck, den ich nicht wiedergeben möchte. Zur Aufklärung des Publikums aber sei erwähnt, daß er sich auf die Abkürzung der Potsdamer Straße ebenso reimt wie auf eine umgangssprachliche Form des Begriffs »Erbrochenes«.

Mein Proletariat heißt Komatowski, das männliche sogar: Manne Komatowski. »Ha! Billige Klischees!« ruft jetzt einer dazwischen, ein sich links empfindender ist es wohl, und wenn er »Klischee« sagt, dann muß er auch »billig« sagen, sonst ist es nichts. Pech nur, daß Klischees oft stimmen, zum Beispiel dieses: Menschen, die sich selbst in einem Brustton *Linke* nennen oder *Antifaschisten*, als sei letzteres ein Beruf oder eine anbetungswürdige Sache und nicht schlicht eine Selbstverständlichkeit, sind dumm, denkfaul und selbstgerecht. Wer das nicht glauben will, muß nur den Politikteil einer sich *links* nennenden Tageszeitung lesen.

Mein Proletariat liest nie. Es brüllt. Gerade wieder nach seiner Frau: »Ey, komm her, du alte ...« Nein, ich sag' das Wort nicht. Ist es nicht gut, daß sie sich nie vereinigt haben, die *Proletarier aller Länder*?

Angst vor der Herbstsaison

oder: Frauen kauft ganz schnell *Elle* bzw. bitte notfalls *Brigitte*

Julia Roberts ist schuld an der Qual.
Pretty Woman: das falsche Signal.
Kniehohe Stiefel allüberall!

Denn
Wenn
Ostdeutsche Frauen
Sich Mode trauen
Dann wird aus Mutti
Auch heute noch Nutti

Und das ist fatal.

Hundert Mark von Inge Meysel

Eine Gratulation an Angela Marquardt

Einst sah ich sie sitzen in der N3-Talkshow, so bunt wie brav: Angela Marquardt, von der Fraktion Das Leben ist hart und das sieht man mir auch an, aber ich bin trotzdem gut drauf, weil jugendlich, und Sport ist im Verein am schönsten, und deshalb bin ich in der PDS, und manchmal, wenn es nichts kostet und niemandem weh tut, bin ich auch einmal keß und radebreche einen Satz: »Auch bringt die große Höhe zwangsläufig einen größeren Abstand zum irdischen Leben mit sich, so daß der einstige Realo sich nun durch einige Realitätsferne auszeichnet«, stammelte sie am 2. 8. 1995 in der *jungen Welt* über Herrn Fischer, der es in der *FAZ* inzwischen vom Joschka zum Joseph gebracht hatte. Doch zurück:
Schwer bemüht als, Huhu, ich bin's, die Jugend aus dem Osten des Landes, hockte sie im TV, und sprach so ernsthaft und betulich über sich, daß man schon flink erkannte: Mit ca. achtzig ist Angela Marquardt zur Welt gekommen und altert seitdem noch tüchtig nach. Es ist die Greisenhaftigkeit des Twen, die sie verströmt. Und gerade weil sie so fade ist und so farblos, paßt sie nahtlos hinein in »Gysis bunte Truppe«.
Blau ist die Farbe von Frau Marquardts Haar, möchte man mit Donovan singen, aber auch gelb und rot und billardtischfilzgrün, insgesamt johannesmariosimmelfarben: Und Jimmy ging zum Regenbogen. Bzw.: Und Jesus latschte in die PDS.
Theologin hat sie immer werden wollen, erzählt, treuen Herzens, Frau Marquardt, aber auch Berufsoffizierin bei der Nationalen Volksarmee – huch, da atmet alles tief durch: Was für ein hochinteressanter Lebensspagat, hurra!, wo's sich doch nur um zwei gleichermaßen unschöne Berufsaussichten

handelt: Töten und beten, löten und kneten, in einer kleinen Staatsbürgerei, da saßen wir zwei, staatsbürgten für drei, und siehe!, tatsächlich, zwei sind's an diesem denkwürdigen Talkshowabend, denn nicht nur Angela Marquardt, sondern auch Inge Meysel ist da! Geradezu blendaxjung wirkt sie gegen Frau Marquardt, aber gut, ach was: bombig verstehen sich die beiden und sitzen einander fast schon wechselseitig auf dem Schoß, denn Frau Meysel spürt und hört und sieht es sogleich: Das Gespenst des Kommunismus, das muß anders aussehen, das *kann* Angela Marquardt nicht sein, und so verschwistern sich die beiden, daß die Harmonie aus dem Fernsehkasten quillt wie ehedem beim »Blauen Bock«, und dann kommt Frau Meysel aus dem Sulky und sagt das Zauberwort: Junge Frau, Sie haben's nicht leicht, ich unterstütze Sie ab heute mit hundert Mark im Monat.

Hundert Mark! Von Inge Meysel! Das war damals verdammt viel Geld, und geben Sie nicht gleich alles auf einmal aus, junge Frau, verschlickern Sie's nicht, aber das würde Angela Marquardt niemals tun, o nein, sie ist ganz artig und gerührt, schade nur, daß sie nicht knicksen kann.

Tief, tief steckt in diesem historischen Augenblick der Vorstand der PDS in der Mutter der Nation zum Beweise: Der Sozialismus ist gar nicht so, es geht doch! Und so trudelt die Sache dann rabimmel, rabummel aus: Hundert Mark von Inge Meysel, von Inge Meysel hundert Mark, und nach 834 (achthundertvierunddreißig) Jahren, wenn Inge Meysel und Angela Marquardt gemeinsam fast so alt und zäh und ledern geworden sein werden wie das Abendland schon jetzt, dann hat Angela Marquardt ihre erste Million zusammen. Ich gratuliere aber vorsichtshalber schon jetzt.

Der Muff, aus dem die Träume sind

»Tabaluga und Lilli« mit Peter Maffay u. ä.

Am Anfang ist die tapsende Stoffwurst. Rollig windet sie sich über eine noch dustere Bühne und gibt zum ersten und einzigen Mal Gelegenheit, kurz zu sinnen: Oha – was ist das jetzt? Und was soll das geben? Und dann, nach nicht einer Minute, ist das ganze Stück schon aus, denn *er* betritt die Bühne: Peter Maffay, der Terminator von Geist und Geschmack, ein Mann wie ein Eimer Kleister. Buchstäblich aus dem Ei gepellt steht er da und knödelt: »Irgendwo tief in mir bin ich ein Kind geblieben ...« Wo genau, sagt er nicht und gibt es im folgenden auch nicht preis.

Bloß dieses: Tabaluga, ein kleiner grüner Drache, soll Feuer suchen. Warum? Will Vatta eine rauchen? Auch diese wichtige Frage bleibt ungeklärt. Statt dessen tritt ein sog. Magier auf, der aussieht wie eine Promenadenmischung aus Otto Waalkes und dem »Riff-Raff« aus der »Rocky Horror Picture Show«. Abgetakeltere Vorbilder sind schwerlich denkbar, und so mümmelt die Figur auch einen großen Stiefel zusammen: »Früher, als wir noch Kind waren, da gab es noch magische Dinge.« Leuten, die keine andere Gegenwart oder Zukunft haben als die, Konsumenten von solchem Schmierkäse wie »Tabaluga« zu sein, wird eine Vergangenheit, eine Geschichte angedichtet, ein Früher, in dem natürlich alles besser und grundgut war.

Schuld am Bösen, bzw. das Böse selbst ist die Ratio, das Denken: Unsere Welt, so erfährt man, ist »zu kalt«, und wir alle wären, im psychosozialen Jargon gesprochen, ganz und gar »verkopft«. Das ist leider schon wieder gelogen: Gedacht wird im Lande ja eher gar nicht, allenfalls ein bißchen »quer« und das ist das Gegenteil von Denken. Dafür wird jede Menge gefühlt: der »Stolz«, ein Golffahrer zu sein zum Beispiel, und wenn einer die Möse feucht und einem der Schwanz hart wird, dann darf man sicher sein, daß sie nicht genau das fühlen, sondern jede Menge Liebe. »Ich fühl' wie du«, heißt das bei »Tabaluga und Lilli«.

Soviel zu Überbau und Unterleib der öden Angelegenheit, die lt. Hauptdarsteller Maffay aber ein »lebendiges Ausrufezeichen« ist. Und auch über den Drachen Tabaluga selbst weiß der Angestelltenrocker, der aussieht wie der Torhüter Andreas Köpke mit abgesäbelten Beinen, allerhand zu erzählen: »Die Erwachsenen weicht er auf.« Mit Roland Kaiser gesungen: Die Gedanken sind Brei.

Und durch den muß er durch, der niedlich sein sollende Drache; nicht über sieben Brücken, aber über »sechs Einzelbühnen«, deren bloße Existenz als »Erfindungsreichtum« angepriesen werden, ölt der kleine Flammenwerfer. Dabei trifft er auf allerlei Figuren, die ihn auf der Stelle, unterlegt von Kaufhausmusik, auf die schmierigste Weise angrölen. Nino de Angelo z. B. wurde zu diesem Zwecke noch einmal aus den ewigen Bratwurstgründen gezogen und darf, Goldkettchen und Jackett mit nichts drunter tragend, vom »Strom der Zeit« singen. Da wünscht man, der Mann vom Elektrizitätswerk möge flink herbeigeeilt kommen und diesen Strom abdrehen.

Aus der Versammlung der Öligen ragt Maffay als penetranteste Figur tatsächlich noch heraus und gibt den edelmütigen Retter. Den hatte er schon 1980 drauf: »Du hattest keine Tränen mehr/gestern als wir uns trafen/du zittertest, dein Blick war leer/Ich hörte zu und wärmte dich/und zog dich von der Straße/und nahm dich mit zu mir«, sang Maffay damals einen Text von Volker Lechtenbrink, der auch nicht schlecht hineingepaßt hätte in die Schmachtfetzenveranstaltung. Wenn die Alternative Maffay oder Gosse heißt, fällt die Wahl leicht. Oder, wie ein befreundeter Ex-Junkie, damals kurz vor dem

Exitus, einem christlichen Sozialarbeiter und Menschenfänger zur Antwort gab, als der ihn mit einem »Hast du's schon mal mit Jesus versucht?« warm anbrüderte: »Dann bleib' ich doch lieber beim Heroin.«

Rotwang muß her

Leser der Monatszeitschrift *konkret* wissen ohnehin, was sie Horst Tomayer zu danken haben: Seine Kolumne »Ehrliches Tagebuch« ist der letzte verbliebene Grund, acht Mark für das Winkelblatt abzudrücken. Auch als *Performer* (wie wir in den *Staaten* so sagen, wo wir mit Nick Cale, John Cave und Jimmy Cage *gearbeitet* haben) seiner eigenen Texte ist Tomayer gottvoll: ein Künstler, der in die Rolle eines Naturereignisses (bzw., wie Blödiane sagen, eines *Urgesteins*) schlüpft: Gegen Tomayer war *der Führer*, rhetorisch gesehen, ein Gänseblümchen.
Nachdem der »Butziwacki« (wie ihn seine zahlreichen Verehrerinnen nennen) mehrfach als Kleindarsteller zu sehen war, glänzte Tomayerli (wie er bei seinen nicht minder zahlreichen Verehrern heißt) 1994 erstmals in einer Hauptrolle: In *Rotwang muß weg* von Hans-Christoph Blumenberg spielt er einen Currywürste bratenden ehemaligen BKA-Mann, der über seine *amour fou* (wie wir frankophilen Cineasten sagen) zu Boris Becker gestürzt ist. Kommentar Tomayer: »Ich bereue nichts.«
Rotwang muß weg schildert die Tötung eines Ekels; es gibt ja Leute, bei deren Ableben nicht ein Mensch Trauer oder Mitgefühl empfindet. So einer ist Rotwang, dessen Vorbild im Leben Carsten Rohwedder war. Dem wollen alle ans Leben, und diese Komödie des Terrors erzählt Blumenberg, den man sonst als eher ledernen Kunsthandwerker kennt, mit einer Lakonie, die an Quentin Tarrantinos *Pulp Fiction* denken läßt. Dabei gelingt Blumenberg eine Darstellung der RAF, wie sie hierzulande fast nie zu haben ist: Der Regisseur mythologisiert nicht, denunziert nicht und biedert sich auch nicht

liebedienerisch an, sondern zeigt die Terroristen als Menschen von nebenan. Die Ex-RAFlerin, die sich ihr Pädagogikstudium mit Telefonsex verdient, ist eine ebenso humoristische wie humanistische Glanztat Blumenbergs. (Im Duden findet sich die Rote-Armee-Fraktion übrigens direkt vor Rote-Bete-Salat und Rote-Kreuz-Los.)
Tomayer liegt im Bettchen, ein pelziger runder Kerl, eine Knutschkugel in den Fünfzigern, kein Beau, sondern: ein Mann. Die Frauen fliegen auf ihn: »Explodieren Vulkane eigentlich auch nachts?« fragt eine nackte junge Schönheit den friedlich Schlafenden, und alleine für seine Hommage à Tomayer muß man Blumenberg lieben.
Rotwang muß weg, der mit Abstand beste deutsche Film des Jahres 1994, der nach nur vier Wochen Spielzeit schon wieder aus den Kinos verschwand, gehört als Videokassette in jeden Haushalt, der auf sich hält.

Im Fieber der Zauberei

David Copperfield in Deutschland

Irgendwo mitten in Amerika. Ein grünes Grundstück, groß wie ein Golfplatz; mitten darauf der stillgelegte Hangar eines 747-Jumbo-Jets. Im Bild ein Reporter.

Reporter *launig*: Hallo, guten Abend. Ich bin hier mitten in Amerika, aber Sie in Deutschland sind mitten im Fieber der Zauberei, wie man so sagt. Und was Sie hier sehen *zeigt auf den Hangar*, ist der stillgelegte Hangar eines Sieben-vier-sieben-Jumbo-Jets, den David Hasselhoff, der High-Tech-Magier, als »Hexenküche« für seine neuesten Tricks benutzt, wie man so … *bekommt über Kopfhörer eine Regieanweisung* … wie man so sagt, aber es ist natürlich nicht David Hasselhoff, sondern David Copperfield, hahaha, natürlich, Copperfield ist der Magier, und die nächsten neunzig Minuten lang wird er seine schöne Verlobte, ja, Sie wissen alle, wen ich meine, genau, wird also der Magier David Hass… David Copperfield seine schöne Verlobte Claudia Schiffer an die Hand nehmen und zeigen, was für Tricks er drauf hat, hahaha, aber da sind die beiden ja schon.

(Im Bild Claudia Schiffer und David Copperfield, Hand in Hand über das weiche, federnde Grün schreitend. Beide lächeln in die Kamera.)

Copperfield: Hallo, guten Abend. Ich bin hier mitten in Amerika, aber Sie in Deutschland sind mitten im Fieber der Zauberei, wie man so sagt. *Fragt Claudia Schiffer:* Man sagt doch so bei euch, Schatz?

Claudia Schiffer *nickt und strahlt ihn an*

Copperfield *auf den Hangar zeigend*: Und was Sie hier sehen, ist der stillgelegte Hangar eines Sieben-vier-sieben-Jumbo-Jets, den ich als »Hexenküche« für meine …

Reporter *denkt, er sei nicht auf Sendung, aus dem Off*: Selber stillgelegt, du Hänger!

Copperfield *irritiert*: Bitte? Was?

Reporter *seinen Irrtum bemerkend*: Oh, Verzeihung, Mr. Hasselhoff, tut mir wirklich …

Copperfield *langsam wütend*: Wie bitte? Was war das?

Claudia Schiffer *sanft zum Reporter*: Copperfield. Es heißt Cop-per-field. Wie La-ger-feld.

Copperfield *haßerfüllt*: Was? Lagerfeld? Was soll das? Was hast du mit dem Zopfträger zu schaffen? *greift mit beiden Händen Claudia Schiffer und würgt sie*

Claudia Schiffer *windet sich mit Leichtigkeit los und beginnt, im Tanze sich wiegend, zu singen*: Nichts mit Löchern, nichts mit Sieb/Lagerfeld, den ollen Dieb/mit dem Prêt-à-Porter-Piep/hab' ich schon lange nicht mehr lieb.

Copperfield *sichtlich durcheinander*: … ja, schön, ääh und dies hier *fuchtelt in der Gegend herum* ist nämlich mein Hangar, für meine Tricks, und ich, ich bin der Magier, jawohl …

Reporter *beruhigend*: Schon gut, Mister Hasselhoff, wir kriegen das schon gewuppt, nur die Ruhe …

Copperfield *außer sich*: Es reicht! *schnappt sich den Reporter mit bösem, tückischem Lächeln* So, und jetzt hör mir zu, Sportsfreund, wie man so sagt, hör mir guuut zuu, Meister, hahaha, du hältst dich wohl für ganz schlau, was?

Reporter *schüttelt heftig verneinend den Kopf*

Copperfield *sich mehr und mehr in Rage und Wahn hineinsteigernd*: O doch! Schlau willst du sein, ganz schlau, schlau wie ein Fuchs, was?

Reporter *wimmernd*: Es tut mir wirklich leid, Mr. Hassel…, ach, was sag' ich, Herr Lagerfeld …

Copperfield *rasend*: Genuuuug!! *Mit Blitz und Donner verwandelt er den Reporter in einen Fuchs. Stolz betrachtet er sein Werk*. Sssooo, was sagst du nun ...?

Claudia Schiffer *lächelt in die Kamera*: Mein Held. Ist er nicht süß? Wie Petrosilius Zwackelmann. Toll!

(Gerade, als David Copperfield endlich seine Verlobte in seinen Hangar bringen und ihr seine magischen Tricks vorführen will, stürmt eine Gruppe vermummter veganer Tierschützer auf das Gelände.)

Vermummte *im Chor skandierend*: Fleisch ist Mord! Käse ist Folter!

Copperfield *streng*: Und was wollt ihr dann von mir? *stolz sich aufplusternd* Ich bin nämlich der Magier!

Vermummte *wieder im Chor*: Maggi ist Mord! Maggi ist Mord!

Einzelner Vermummter *leise*: Knorr auch ...!

Vermummte *jetzt wieder gemeinsam*: Freiheit für die Füchse! Freiheit für die Füchse!

Der Fuchs *der seit seiner Verwandlung wie paralysiert dasitzt*: Au ja!

Copperfield *mit falscher Freundlichkeit zu den Vermummten*: Ach - ihr liebt also Tiere. Wie nett von euch.

(Mit einem erneuten Blitz verwandelt er die Vermummten in Kaninchen, die, kaum daß sie den Fuchs erkennen, panisch davonstürzen.)

Der Fuchs: So bleibt doch! Alle Tiere sind Freunde! *jagt hinter den Kaninchen her aus dem Bild*

Copperfield *zu Claudia Schiffer*: Jetzt aber endlich: Magie ...

Stimme des Regisseurs *aus dem Off*: Können wir dann weitermachen, Mr. Hasselhoff?

Copperfield *bricht schluchzend zusammen*

Claudia Schiffer *von allem wie unberührt, singend*: Ob er trifft, wenn er zielt / ob er heult, ob er schielt / ob er mit Kaninchen spielt / ich liebe David Copperfield ...

Langsames Fade-out

Nicht ohne meinen Kafka

»Congo«, ein Film von Frank Marshall nach dem Roman von Michael Crichton

Michael Crichton ist gut im Geschäft. Was immer der Fleißschreiber produziert, wird ihm aus den Händen gerissen, millionenfach vervielfältigt und weltweit in alle Buchläden geworfen. Selbst olle Kamellen, unter Pseudonym, also sozusagen vor Crichti Geburt veröffentlicht, erleben hohe Neuauflagen, und außer dem Boulevard ist auch die Edelkritik von Crichton fasziniert: Einen »Balzac des 20. Jahrhunderts« nannte ihn Katharina Rutschky für seinen Roman »Enthüllung«. Zwar klingt der Crichton-Satz »Er wollte sie ficken, gründlich durchficken« (»Enthüllung«, S. 133) weniger nach Bal-, sondern eher nach Sabberzac, aber prinzipiell ist die Freude über Crichton verständlich: Unterhaltung, diese »leichte Sache, die so schwer zu machen ist« (Lenin, Billy Wilder et al.), beherrscht der emsige Mann recht gut. Und während die Existenz von z. B. Wigald Boning bloß beweist, daß wirklich *nichts* unmöglich ist, zeigt Crichton, daß man auch ohne Penetranz präsent sein kann. U. a. deshalb fällt die Antwort auf die nölige Frage von Ralf Umard im *Tip*, »Warum verdient ein Autor wie Michael Crichton Abermillionen und ich nicht?«, auch ganz leicht: Weil er sie verdient und du nicht.

Eine weniger glückliche Hand hat Crichton bei den Verfilmungen seiner Stoffe: »Der große Eisenbahnraub« wurde unter seiner Regie ein solides, aber braves Stück Kintopp; Spielberg machte »Jurassic Park« zu einem pädagogischen Traktat für nervige Blagen, und in der Filmversion von »Enthüllung« wurde dem ehrgeizzerfressenen, vom Karrierismus bereits sichtlich deformierten Michael Douglas von einer Frau attestiert, »ein sehr attraktiver Mann« zu sein, ohne daß sich ein Kulissenbalken bog. So läßt sich über die Crichton-Filme frei nach Schlingensief sagen: Sie kamen als Bücher und wurden zu Wurst.

Fünfzehn Jahre nach der Buchveröffentlichung hat es auch »Congo« erwischt. Daß Affen sprechen können, weiß man spätestens seit der Erfindung der Talkshow; allein Drehbuchautor John Patrick Shanley und Regisseur Frank Marshall hatten das noch nicht mitgekriegt. Entsprechend unverdrossen breiten sie ihre Konventionalitäten aus: Flugzeuge gehen kaputt, ein Vulkan explodiert, Munition wird kistenweise verschossen, das Personal zeigt viel Fitneß vor, kann Fallschirmspringen, Schlauchbootfahren, Ballonfliegen usw., Salomos Diamanten werden der Natur entrissen und, Blutzoll inklusive, zurückgeholt, und passend zur Internationalen Funkausstellung wird das neuste High-Tech-Spielzeug vorgestellt. Nach knapp zwei Stunden ist selbst der hartgesottene Abenteuerfilmfreund weichgekocht, der Schädel dröhnt wie ein Essensgong, und die Frage der Kollegin Sabine Vogel »Stumpft der Mensch vom Gaffen ab?« kann er soeben noch mauloffen abnicken: gahuga, gahuga.

Im Prinzip wäre eine Rezension hiermit prima eingetütet und im Sack, aber nicht umsonst hat das Feuilleton die sog. »Meta-Ebene« ersonnen, eine Mode, die von der zweifelhaften Idee gespeist wird, daß sich unter der Oberfläche, also hinter den Dingen quasi, noch etwas verberge, und besonders gern wird die »M.-E.« als Aufforderung zum Verfertigen von Meterware mißverstanden, als redaktioneller Notruf nach einem langen Riemen. Wohlan: Werde auch ich es schaffen, hier und heute einen französischen Salonphilosophen breitzutreten? Und ob es mir vielleicht sogar gelingt, das beliebte Wort *Dekonstruktion* unterzubringen? Halten Sie mir die Daumen, Zeit läuft:

– Die angreifenden Killertomaten, ach was: -gorillas werden

vom männlichen Hauptdarsteller als »genetische Sackgasse« denunziert und so zum Abschuß freigegeben. Dieser gefährlichen bioethischen Gedankenlosigkeit ist scharf entgegenzutreten! Jutta Ditfurth ringt die Hände! Ingrid Strobl und Klaus Bednarz wackeln besorgt mit den Köpfen! Öffentliche Diskussion! Verbieten! Wehret den Anfängen!

– Dieselben Gorillas werden höchst unansehnlich abgebildet, haben ein graues Fell, viele leiden unter Zahnausfall und Mundfäule – hier wird der Alterungsprozeß verächtlich gemacht, hier werden Senioren-Tanztees und *Kukident*-Partys verunglimpft, hier werden *Graue Panther* ausgegrenzt! Drehbuchautor Shanley sagt es ganz unverblümt: »Genau das sind die Grauen – geistlose Mordmaschinen.« Trude Unruh, übernehmen Sie!

– Dickes Minus: Für das Genre unverzichtbare Sätze wie »Sie sind irgendwo da draußen«, »Hab keine Angst«, »Alles wird gut«, »Vertrau mir« oder »Es ist vorbei« kommen nicht vor. So werden die berechtigten Hoffnungen des Zuschauers auf netten Unfug arglistig düpiert.

– Warum macht man einen Film über dumme, gewalttätige Tiere? Beim Kongo gleich nebenan, in Zaire, leben die Bonobo-Affen ein höchst vorbildliches Leben: Streitigkeiten z. B. werden von den Bonobos durch Gewährung kulinarischer Genüsse oder sexueller Dienstleistungen beigelegt. Gleichbleibend freundlich füttern, befummeln, streicheln und pflöckeln sich diese erleuchteten Wesen wechselseitig und ebenso verschieden- wie gleichgeschlechtlich und überlassen das schlechte Leben den Doofen dieser Welt. Also, Wim Wenders: Wenn Sie auch ab 50 beim Drehen noch so rüstig und reisefreudig sind wie immerschon: Bonobos à gogo, bitte!

– Endlich etwas Positives: Im Film werden sämtliche Tiere von aufwendig verkleideten Menschen täuschend echt dargestellt. Mit diesem wegweisenden Verfahren kann a) die Legion arbeitsloser Schauspieler und Maskenbildner finanziell saniert,

b) die Gesellschaft dadurch entlastet und c) die faunische Artenvielfalt immerhin pro forma aufrechterhalten werden: Vom Aussterben bedrohte Tierarten wie der Alexandersittich, der Rodrigues-Flughund, der Kakapo, das Aye-Aye, der Yangtse-Delphin und das weiße Nashorn werden darüber belehrt, daß auch sie ersetzbar sind und dürfen mit dem guten Gefühl abtreten, notleidenden Menschen geholfen zu haben.

– In »Congo« werden die Ästhetik der »Camel-Trophy« und das Werk Franz Kafkas subtil, wenn nicht sublim miteinander verschmolzen: Die Erlernung der menschlichen Sprache, das Erwerben menschlicher Sitten und Gebräuche wie z. B. den Hang zur Tränendrüse, im Film von einem Gorillaweibchen vollzogen, erscheint als eine an Michel Foucaults »Post post, Kameraden!« orientierte Version des Kafkaschen »Berichts für eine Akademie«. Eine Verhörszene in »Congo« legt sogar nahe, hier sei Kafkas »Vor dem Gesetz« als Transmissions- und Keilriemen für die lange Strecke Prag–Brazzaville–Hollywood verwendet worden: »Das ist wie bei Kafka«, flüstert einer der gefangenen Wissenschaftler zum anderen, und sofort blafft der wachhabende, nichts Gutes ahnende Soldat: »Wer ist dieser Kafka?« So gelingt Regisseur Frank Marshall eine – Tätä! – *Dekonstruktion* / Hier ist sie schon! Franz Kafkas, wie man sie seit Eckhard Henscheids »Franz Kafka verfilmt seinen Landarzt« mit dem unvergessenen Ferenc Knitter in der Titelrolle nicht mehr so nachhaltig erlebt hat.

– Nicht wirklich kafkaesk dagegen, sondern eher wie Fußkäs' mit Musik kommt der am Ende des Films doch leider noch aufdringlich vorgebrachte, streng massenkompatible Öko-Pflichtaufruf daher: Finger weg von Mutter Erde / Sonst nagelt dich die Affenherde.

Ein Sommerwurst-Traum

»Der Mais, der Mais / wie jeder weiß / das ist ein toller Bengel: / Er ist die Wurst am Stengel«, dichtete Ende der 50er Jahre der NVA-Mann Horst Harro, um seine Landsleute mental auf die Produktion von massenhaft Mais einzuschwingen; Chruschtschow hatte soeben von einer USA-Reise Begeisterung für dieses Getreide mitgebracht und sie im Zuge sowjetisch-deutscher Freundschaft direkt auf die DDR-Landwirtschaft ausgedehnt.

Heute lebt Horst Harro auf dem Lyriker-Gnadenhof im westfälischen Humfeld. Diese ansonsten eher düstere, ja trübe Heimstatt für ausgemusterte Dichter wie Reiner Kunze oder Günter Kunert versteht Harro durchaus zu beleben: »Wenn in Humfeld / einer umfällt / liegt das am sozialen Umfeld: / Der Kerl war wieder mal betrunken. / Deshalb ist er umgesunken«, heißt es beispielsweise in seinem Gedichtband »Tunnelblick ins Niemandsland«, der 1992 entstand. Direkt nach dem 9. November 1989 hatte bereits das große Prosagedicht »Kontrollgänge im Grenzland« endlich erscheinen dürfen, und zum Herbst 1995 hat Horst Harro sein poetisches Vermächtnis ediert: »Schnatgang ins Nichts«. Auch auf dem Feld der Theorie hat Harro viel geleistet. »Das schönste ›denn‹ der Weltliteratur«, doziert er, »findet sich in dem Lied ›Dschingis Khan‹ der gleichnamigen Pop-Gruppe: ›Laßt noch Wodka holen, *denn* wir sind Mongolen‹«, während das netteste »aber« aller Zeiten auf Seite 1 von Franz Josef Wagners Boulevardblatt *B.Z.* gestanden habe: »Panda-Bärin unfruchtbar – aber Schumi 2. Baby.«

Im Brotberuf, so erzählt der rüstige Lyriker Harro, sei er wieder als Propagandist tätig; heute allerdings zugunsten der

Versmolder Wurstfabrik Reinert. Stolz zeigt er mir seine jüngste PR-Maßnahme: »Reinert Sommerwurst. Im Hause Reinert, tief in Westfalen, begünstigt durch eine besondere betriebseigene Mikroflora, reift sie einer einzigartigen Geschmacksfülle entgegen, die heute überall Gaumen und Herzen im Sturm erobern. Achten Sie deshalb unbedingt auf den Namen Reinert, wenn Sie Ihren Sommerwurst-Traum wiedererleben möchten. Vielen ist die Reinert Sommerwurst auch als ›Holzschuh-Wurst‹ ein Begriff. Reinert Sommerwurst: Die Wurst, die Fan-Post erhält.«
Und deshalb hier meine dringende Bitte an die Leserinnen und Leser: Schreiben Sie Herbstbriefe an eine Sommerwurst, c/o H. & E. Reinert KG, 33775 Versmold. Damit Lyriker leben.

In Sachen Che & Chandler

»Oh, schön, eine Briefmarke zum Sammeln für den Neffen«, hält man Post aus Prag in der Hand. Absender ist ein Petr Šobr, obwohl man gar keinen Petr Šobr kennt, aber was machts? Brieffreundschaften können sehr angenehm sein, distanziert und unklebrig.

Ws wrd Petr Šobr schrbn?, frgt mn sich vrfrdg und öffnt ds Kvrt, aber dann ist es bloß Reklame: »Elefanten Press« aus Berlin und ein »Che & Chandler Buchversand« aus Bonn wollen mir, partiell zum Ramschpreis, verkaufen, was ich nicht haben möchte, und die tschechische Briefmarke klebt nur aus Portoersparnis vorne drauf.

Und das soll ich bestellen: H. Modrow, A. Brie, H.-D. Schütt, D. Sölle u. v. ä. m.; auch den Klassenkampfstreber Oliver Tolmein, den Heinz Klaus Mertes der autonomen Szene, bekommt man angeboten wie sauer Bier: »Wundertüte Eins: 20 Bücher für nur 30,00 Mark, Wundertüte Zwei: 40 Bücher für nur 50,00 Mark«.

Gut, denkt man sich, wenn Autoren ihrem Werk gemäß vertrieben werden: bei »Che & Chandler«, wo der Billigheimer ganz bei sich selbst ist, wenn er nur anderen Leuten das Kleingeld aus der Gesäßtasche zählen kann. Als links biedern sich die Höker nur deshalb an, weil sie aus Mangel an Dezenz und minimalen Umgangsformen woanders erst gar nichts werden können.

Das gutmütige linke Publikum aber hält brav zur Stange, statt sich das händereibende Wühltischpathos des »Che & Chandler Bücherkatalogs« nachhaltig zu verbitten. »Noch ist die Tinte unter den Erklärungen zahlreicher Politiker zum 8. Mai nicht trocken, da bereitet sich diese Republik in Gestalt ihrer politischen Klasse ...« usw. dreht der Prospekt die Gebetsmühle; »... deshalb haben wir in langen Nächten doch wieder einen Katalog gemacht. In der Hoffnung, daß jede/r nützliche, anregende, Mut machende und auch preiswerte Lektüre finden möge. Manches Buch könnte ja auch vom Kopf in die Beine gehen. (...) Freiheit und Glück. Ihr Che & Chandler Team.«

Wer so redet, dem muß man ebensowenig zuhören, wie Bücher »in die Beine gehen«. Richtig mulmig aber wird einem beim Gewimmere über »lange Nächte«, in denen die Bande, die das immer entrüstet leugnen würde, doch von nichts als von Talern träumte, und bei der Dreistigkeit, sich die Namen von Toten, die's nicht untersagen können, als Lametta anzuheften. Raymond Chandler hat sich schon 1954 in seinem Hauptwerk »Der lange Abschied« sehr klar geäußert über Krämer, wie sie heute in seinem Namen unterwegs sind, und die einem eine Gesinnung als exklusiv andrehen wollen, die schon »Noah gebraucht gekauft« hatte: »Marlowe wollte nichts weiter als da weg. Und zwar so schnell wie möglich.«

Vierzehn Päckchen Buñuel

»Buñuel ist das famose
Zartgemüse aus der Dose.«
Gisela Güzel

Buñuel sorgt noch für Krach
tot verlegt bei Wagenbach.

Deshalb dichte ich blitzschnell
Vierzehn Päckchen Buñuel.

Buñuel ist das geniale
Freilauflandei ohne Schale.

(Und ist auch das hochvitale
Gegenstück zur Opferschale.)

Buñuel stimmt gegen Förde-
rung der öden Gauck-Behörde.

Er ist nämlich der kompakte
Leser keiner Stasi-Akte.

Buñuel kennt wenig Schon-
ung von Gott und Religion.

»Wie raffiniert! Oh wie geschick-
t!« jubelt stets die Filmkritik.

Buñuel ist, sehr gelin-
de gesagt, ein Freund von Gin

(Und außerdem der ausgelernte
Schmaucher mancher Haschischernte.)

Buñuel liebt das Roulette.
Gerne russisch, nackt im Bett.

Buñuel ist der vakante
Cunnilingus meiner Tante.

So. Das war's mit Buñuel.
Aber eins noch, generell:

Wäre Buñuel noch wach
Er wäre nicht bei Wagenbach.

Grandmaster Trash

Seit über 50 Jahren ist Mickey Spillane die Faust aufs Auge des Gutmenschenpublikums

Eine Hommage

Als 1947 Mickey Spillanes erster Thriller erscheint, hält die Krimis lesende (und schreibende) Welt den Atem an. »I, the Jury« macht von der ersten Seite an unmißverständlich klar, daß Spillane sich die Maxime »Sei dein eigenes Gesetz« auf die Fahne geschrieben hat. Sein Held, der Privatdetektiv Mike Hammer, hat nichts von dem edelmütigen weißen Reiter Philip Marlowe, den Raymond Chandler kurz zuvor ersann, den Bogart im Kino verkörperte und der das traditionell übel beleumundete Genre Kriminalroman eben erst salonfähig gemacht hatte; Spillanes Hammer ist ein durchgeknallter, paranoider New Yorker Killer, pickepackevoll mit Haß, abgebrüht und den Werten der Sonntagsschule entwachsen, und jede Heuchelei über sich und seine Motive ist ihm fremd.

»I, the Jury« beginnt mit der Ermordung von Hammers bestem Freund Jack Williams: »Jack, der gesagt hatte, für einen Freund würde er sogar den rechten Arm geben - und der es auch getan hatte, als er einen von den elenden Japsen davon abhielt, mich aufzuschlitzen.« Hammer schwört unbedingte, 100%ige, persönliche Mein-ist-die-Rache!-Rache, die er sich nicht von Polizei und Justiz wegnehmen lassen wird, und löst den Schwur ein, auch als der Killer sich als die Frau entpuppt, von der er kurz vor Toresschluß noch sagt: »Wie ich dieses Mädchen liebte! Ich freute mich schon darauf, wenn das alles vorbei war und wir heiraten konnten.« Beim Finale aber trägt der Bräutigam Schwarz: »Als ich sie auf dem Boden liegen sah, stand in ihrem Blick Schmerz, der Schmerz, der dem Tod vorausgeht, Schmerz und Fassungslosigkeit. ›Wie konntest du nur?‹ keuchte sie. Mir blieb nur ein kurzer Augenblick, bevor ich zu einer Leiche sprach, aber ich schaffte die Antwort gerade noch. ›Es war leicht‹, sagte ich.«

Sieben Verlage hatten »I, the Jury«, von Spillane in nur neun Tagen geschrieben, abgelehnt; der achte, E. P. Dutton in New York, machte ein Millionengeschäft mit dem, was die anständigen, humanistisch gebildeten und gesonnenen Bürgersmänner und -frauen und ihre Feuilletons angewidert unter Schmutz und Schund, nicht volksgesund' subsummierten. Raymond Chandler, der selbst als Schreiber für die »Pulps«, die Groschenheftchen, angefangen hatte, setzte sich 1952 auf das Roß des Edelromanciers und kommentierte voller Ekel: »Es ist noch nicht so lange her, da hätte ein anständiger Verlag so etwas nicht angerührt (...) Spillane ist (...) nichts als eine Mischung aus Gewalt und offener Pornographie.« Das »offen« ist deutlich – der Hauptvorwurf gegen Spillane ist der mangelnder Tünche und Verdrucksthei; etwas verklemmter und ornamentaler hätte man Sex & Crime ja durchaus goutiert, aber doch nicht so ... – so unverbrämt, direkt und roh ans Publikum gebracht von einem Burschen aus der Gosse. Jörg Fauser, einer der wenigen, die in Deutschland dem kriminellen Trash auf die Beine und die Sprünge geholfen haben, schrieb im *Spiegel*: »Für das liberale Publikum rangiert Spillane irgendwo zwischen de Sade und ›Mein Kampf‹.« (Fausers kluger und leidenschaftlicher Essay ist nachzulesen in Band 7 der von Carl Weissner auf nichts zu wünschen übrig lassende Weise edierten Jörg-Fauser-Gesamtausgabe bei Zweitausendeins.)

42 Jahre und zehn weitere Mike-Hammer-Romane nach »I, the Jury« veröffentlichte Spillane, mittlerweile über 70, seinen bislang letzten Roman, »The Killing Man« von 1989, auf deutsch ein Jahr später als »Ich, der Rächer« erschienen. Spillanes Schreibe hat nichts von ihrer brutalen Vitalität einge-

büßt. Auch »The Killing Man« ist ein Großstadtwestern, wieder ist Rache Mike Hammers Triebfeder, und wieder sind ihm die offiziellen Vertreter der Justizbehörden, die er nur verächtlich »die Jungs in den gestreiften Hosen« nennt, im Weg. Und wie schon in »I, the Jury« hat Hammer das letzte Wort, und es ist nicht das Wort zum Sonntag: »Ich sagte: ›*Jetzt* habe ich dich getötet, du Stück Scheiße.‹«

In den 42 Jahren zwischen »I, the Jury« und »The Killing Man« schreibt Spillane nicht nur seine Mike-Hammer-Krimis, sondern auch die Tiger-Mann-Serie um den Kommunistenjäger und Killer Tiger Mann, der die CIA für einen Haufen Waschlappen hält und es den Agenten des Kreml lieber alleine mit seiner 45er besorgt. Wie Hammer hat auch Mann eine Schwäche für große, üppig gebaute Frauen, und so unfreiwillig komisch sich die Abenteuer zwischen Couch, Kanone und Kommunismus auch heute lesen, so geben sie doch die amerikanische Russenangst und Paranoia, die sich weit über die McCarthy-Ära hinaus erhalten hat, stimmungsvoll wieder.

Mit dem Vermögen, das Spillane verdiente, trieb er allerlei Schabernack: Er geht zum Zirkus, tritt als Trampolinartist auf und läßt sich als lebende Kugel aus einer Kanone abschießen; er fährt Autorennen, taucht nach Schätzen, lernt fechten und holt sich, nachdem er die Lizenz als Privatdetektiv bekommt, bei der realen Verbrecherjagd Schuß- und Messerstichwunden, schreibt außer seinen Serien noch massenhaft Gangstergeschichten, dazu Abenteuer- und Kinderbücher, tritt in einer B-Picture-Verfilmung selbst als Mike Hammer auf, wird mit Bierreklame noch reicher und tritt den Zeugen Jehovas bei – kurz: Spillane ist ein Mann der Widersprüche, die auch seine Literatur durchziehen, und die alle Gutmenschen, auch wenn sie mal anders hießen, schon immer auf die Palme brachten. Regelmäßig wurde Spillane – auch in Deutschland – von humanistisch gesonnenen Mitmenschen als »Nazi« denunziert, wo es doch Nazis waren, die Zeugen Jehovas in Lager steckten und ermordeten.

In den 90er Jahren, wo die hartnäckige, böswillige und hysterische Leugnung der Wirklichkeit sich als »politische Korrektheit« adelt und moralische Platitüden von anämischen Eierköpfen als Erkenntnisse ausgegeben werden, ist es ein gleichermaßen grimmiges wie diebisches Vergnügen, den Schmutz und Schund, den Trash von Mickey Spillane wieder zu lesen.

Gedenktag

Wenn es ans Gedenken geht, ist es mit dem Denken Essig. Das ist nichts Neues; man kennt das spätestens seit den Gottesdienstzwangsbesuchen der Konfirmandenzeit. Gesenkten Hauptes stellte man sich in die Bank, legte die Hände knapp überm Sack übereinander und zählte im Kopf: »Einundzwanzig, zweiundzwanzig, dreiundzwan-«. Dann setzte man sich und versuchte, bei der ganzen Prozedur einigermaßen ernsthaft – im Jargon der 80er und 90er Jahre: *glaubwürdig* – auszusehen für den Fall, daß der Pastek, der vorne stand und brummelte, mal scharf guckte.
Am 9. November 1994 dachte ich an nichts. Oder jedenfalls an nichts Besonderes. Und der Öffnung der Mauer fünf Jahre zuvor *gedachte* ich ganz bestimmt nicht, obwohl meine Morgenlektüre, die aus sechs angeblich höchst verschiedenen Tageszeitungen bestand, mir das einmütig befahl. Ich tat wie ein Fußballspieler und sagte: na gut. Wenn es möglich ist, daß fünf Jahre nach dem Ende der DDR noch immer Leute, die außer Dissidieren nichts gelernt haben, krakeelend herumlaufen, ohne ausgelacht zu werden, dann will ich ausnahmsweise einmal einen konstruktiven Vorschlag machen: Dissis in die Produktion. (Bloß: Wer will die haben? Und wozu?)
Auch der Opfer des antisemitischen Terrors am 9. November 1938 *gedachte* ich nicht, schon gar nicht an diesem Tag. An Gedenktagen gleich welcher Art beuge ich vor dem Garderobenspiegel das Knie, ziehe den Hut und sage: »Sire, geben Sie gedenkfrei.« Und erhalte stets die huldvolle Antwort: »Aber selbstverständlich. Ach, übrigens: Sie werden nächste Woche in den Adelsstand erhoben.«
Immer wieder erstaunlich ist die Bereitschaft und Fähigkeit

des deutschen Menschen, sich mit passend zum Datum hervorgekramten Gesten und Parolen bei Opfern, deren Angehörigen und Nachfolgern anzukumpeln, auf anderer Leute Leid liturgisch-rituell aufzuspringen. Da riecht der Atem Gottes nach Mottenkugeln.

Doch auch erbittert und radikal gemeinte Gegnerschaft zu einer zweifellos peinlichen Gesellschaft garantiert noch keinen Schutz vor eigener Peinlichkeit. Am 9. November 1994 frikkelte sich die Tageszeitung *junge Welt* auf Seite eins einen Nazi vom 9. November 1938 zusammen: »Er hat die Ärmel hochgekrempelt und die Ellbogen auf den Tisch gelegt. Die Hosenträger baumeln seitwärts am Stuhl. Er redet viel unverständliche Sachen. Er klopft beim Reden mit den Fingerknöcheln auf den Tisch.« Und dann, als Klimax der Vorwürfe: »Er schwitzt unter den Achseln.«

Klar, daran erkennt man Nazis: daß sie unter den Achseln schwitzen. Nichtnazis dagegen, die man leider zuweilen auch daran erkennt, daß sie Gedankengang von dieser Art haben, heben stolz die knochentrockenen Achseln und das Banner in die Höh'. Denn »Banner«, das weiß man, seitdem sich im Werbefernsehn der 70er Jahre junge Menschen auf Heimtrainern abstrampelten, ohne dabei auch nur einen Tropfen Schweiß zu vergießen, »Banner bannt Körpergeruch«.

Hätte man dieses Deo-Spray schon vor 1938 erfunden, es hätte keine Pogrome gegeben: Kein Schweiß, keine Nazis. Oder, falls doch, hätte die SA wenigstens besser gerochen! Sind es nicht die kleinen Dinge im Leben, die zählen?

Bruder Broder

sowie Biermann, Gysi und Hrdlicka

Im *Neuen Deutschland*, einer Tageszeitung, deren Weltsicht aus der PDS, der PDS und der PDS (und im Feuilleton manchmal aus zusätzlich etwas Ballett) besteht, hat der österreichische Bildhauer Alfred Hrdlicka am 24. 11. 1994 einen offenen Brief an Wolf Biermann geschrieben, dem die simple Einsicht zugrunde liegt, daß auf einen groben Klotz ein grober Keil gehöre: »Arschkriecher! Trottel! Dichterling! Opportunist! Deine Anbiederei an die Mächtigen, an die Herrschenden ist zum Kotzen! 100%iger Schwachkopf! Volltrottel! Schamloser Opportunist! Arschkriecher! Hol Dich der Teufel ...«, tobt Hrdlicka im Stile Käpt'n Haddocks, und Biermanns per dpa verbreiteten Satz, er wolle nicht mit Gesetzen leben, die einer wie Gysi mitbeschlossen habe, quittiert Hrdlicka mit einem wütenden Ausfall: »Ich wünsche Dir die Nürnberger Rassengesetze an den Hals, Du angepaßter Trottel!«

Daß Wolf Biermann über Gysi in einem Ton spricht, den er für Schönhuber und andere Nazis nie übrig hatte oder hat, kann, wer will, ebenso eklig finden wie seine Masche, allem, was er sagt, mit dem Hinweis auf seinen von Nazis ermordeten Vater den Anstrich von Unangreifbarkeit zu geben. Hrdlickas wahrscheinlich in Haddockscher Trunkenheit herausgehauener Brief zielt, inklusive des inkriminierten Satzes, auf dieses: Wer sich im Gestus des Kritikers derart an die Herrschenden heranschleimt wie Biermann, dürfe sich dann über heutige Rechtsprechung nach Art der Nürnberger Rassengesetze nicht beschweren, denn er wäre für sie mitverantwortlich.

Außerhalb Österreichs war die allein schon wegen der Be teiligung Biermanns leicht unappetitliche Angelegenheit keine große Sache. Da aber schlug die Stunde von Henryk M. Broder: Er griff mit vollen Händen zu. Im Berliner *Tagesspiegel*, aber auch im österreichischen *Profil* nutzte er die Gelegenheit, alte Rechnungen zu begleichen, und behauptete, Hrdlicka habe »dem Sturmbannführer in sich freien Lauf« gelassen.

Vom »Hitler in uns« hat ja schon Broders Kollege Peter Boenisch fabuliert, und die von Broder so gehaßte PDS ging mit »Nazis in den Köpfen« hausieren. Broder weiß vielleicht, worum sich's dreht, wenn er einem einen »Sturmbannführer in sich« andichtet – ich habe für solche Untermieter keinen Platz. Im Gegensatz zum Gelegenheitshungerstreiker Gregor Gysi esse ich auch regelmäßig, da ist mit Lunge, Magen, Leber, Milz, Galle usw. alles besetzt. Klopft einer an und will hinein, wird er herzlos abgewiesen, ob's nun ein Sturmbannführer ist oder ein Biermann, ein Gysi oder ein Broder.

Dessen Haßtirade aber wies weit über Hrdlicka hinaus. Broder, dem Biermann ohne Klampfe, geht es um »ein ganzes Milieu, das mit seiner eigenen Lebenslüge konfrontiert wird und damit nicht fertig wird«. Da sitzt dann Broder in einem Boot mit Klaus Rainer Röhl, der sich bei Ernst Nolte über das Thema »Antifaschismus als Lebenslüge« abgearbeitet hat. In diesem zentralen Punkt, im retrospektiven Haß auf alles Linke, ist Broder ein Zwilling Wolf Biermanns: Als richtig gute Deutsche werden sie um so mutiger, je fertiger der Gegner am Boden liegt. Und der Haß auf Gregor Gysi, der Biermann und Broder eint, ist am Ende nichts als der auf sich selbst. Die drei Schmierenkomödianten sind sich so ähnlich wie eine Backe der anderen.

Einen Streich aber hat Broder gegen Hrdlicka noch parat, der über das bloße Geschwätz hinausgeht: »Sein Mahnmal für die verfolgten Wiener Juden sollte sofort abgeräumt werden«, fordert er unter Beifall des rechten Wiener Kampfblatts *Die Presse*. Broders Begründung ist bizarr: »Sie sind genug verhöhnt worden und brauchen sich nicht von einem linken Nazi post mortem weiter verhöhnen zu lassen.« Daß ausgerechnet Broder es fertigbringt, auf diesem Wege zu behaupten, die Verbrechen der Nazis hätten in der *Verhöhnung* der Juden bestanden, zeigt, wie weit zu gehen er bereit ist in seinem Krieg gegen alles, was er für links hält.

P. S.: Zwergenwerfen ist keine schöne Sache. Denkt man aber an Biermann, Gysi und Broder, ist sie sehr okay.

Der Dalai-Lama am Nebentisch

Wenn man das Privileg genießt, im Restaurant »Bundschuh« in der Berliner Fichtestraße die Last des Tages mit Krustenbraten, Steinpilzen, Trollinger und anderem Mjamm-Mjamm, vor allem aber mit dem Lauschen auf die klugen Worte der charmanten Gisela Güzel aufheben zu dürfen, muß man dennoch feststellen, daß das Gute – beziehungsweise das, was sich dafür hält – noch in die letzten Refugien und Reservate des bißchens Ruhe vor der Geißel Mitmensch einzudringen entschlossen ist.

In diesem Fall besteht das Gute aus einer nicht neun-, sondern siebenköpfigen Hydra: fünf Frauen und zwei Männer, alle Anfang bis Mitte Vierzig, die unüberhörbar und im weichen Argot der Süddeutschen stark ins Transzendentale hineinspielen und darüber beraten, wie zu leben sei. »Stundenlang tanzen, das sind dann die klarsten Momente, da bin ich voller Atem, voller Wärme, voller Hitze, da bin ich frei«, schwärmt eine der Damen – sie ist ganz in Weinrot – und berichtet euphorisch von einem »mexikanischen Schamanen«, der »mit Heilzeremonien auf Schamanenbasis arbeitet«.

Gleich möchte ich »Schamanenbasis Alpha Eins« anfaxen, was da wieder los ist und was jetzt schon als Arbeit durchgeht, höre aber lieber weiter zu, denn einer der Herren, das schüttere Haar durch ein buntes Brillengestell und einen nicht minder brüllend lauten Schlips kompensierend, zückt das Programmheft der Berlin-Potsdamer »Friedensuniversität« und schwelgt, mit mildem Nicken und sehr bedeutsam den Dr. küch. psych. gebend: »Alles hat seine Licht- und Schattenseiten. Darüber habe ich lange nachgedacht. Es gibt eine andere Dimension von Licht, und es gibt so viele verschiedene Arten von Schatten.«

Das zwingende »Und du hast sie alle!« verkneife ich mir, um den langen, ruhigen Fluß – man könnte auch sagen: den Stillstand – seiner Gedanken nicht zu unterbrechen. »Jedes Ding hat zwei Seiten, und die gehören auch zusammen«, doziert er weiter. »Der Dalai-Lama hat gesagt: ›Ein Stock hat zwei Enden.‹ Das fand ich sehr beeindruckend.«

Alles hat ein Ende, nur die Wurst hat zwei, ruft manches in mir, doch ich schweige; nicht aus Höflichkeit allerdings, sondern nur, um nichts zu verpassen, denn eine weitere Dame ergänzt: »Das kostet ja auch, diese Seminare. Aber dann hab' ich mir überlegt: Die ganze Kirchensteuer, die ich spare, die kann ich ja auch anders ausgeben.« Dafür hätte sie den Pfaffen nicht wechseln müssen.

Seit es diese verschwiemelte Sorte anti-aufklärerischen Bla-Blas gibt, hat es auch gute Witze darüber gegeben, die aber offensichtlich alle nichts ausrichten konnten. Sie sind immer noch da, unverändert, die Fürsten der Platitüde; sie haben sich sogar vermehrt, und was am erstaunlichsten ist: Der Siebener ohne Steuermann im »Bundschuh« trinkt den ganzen Abend kollektiv nur Wasser! Betrunkenen hätte man das karmatische, ja karmatöse Geschwafel nicht ankreiden wollen, aber die sind alle nüchtern! Erwachsen! Wahlberechtigt! Und reden *so*!

Ich wiederum bin nüchtern zu schüchtern, um zu stören und ihnen reinen Wein einzuschenken, und bevor ich noch genügend *Eau de Vie* ordern kann, verlangen sie auch schon die Rechnung, natürlich nach dem ihnen gemäßen Motto »Vereint labern, getrennt zahlen«, also ganz so, wie nur Schäbige und Unurbane es tun.

Als sie endlich fort sind, schlägt Gisela Güzel, die mehr von der Politik her kommt, vor, den Dalai-Lama in »Dalai-Lummer« umzubenennen. Ich stimme sofort zu, beantrage aber noch zusätzlich, jedem seiner Jünger lebenslang ein Schild um den Hals zu schmieden, auf dem zu lesen ist: »Dalai-Lama – Vorsicht: spukt!«

Für immer und immer

In des Daseins
stillen Glanz
Platzt der Mensch
mit Ententanz

Inhalt

Bombardiert Belgien!

Brot und Gürtelrosen